# 花之器

陳淑瑤

# 自序

等候新書排版進入編輯程序的一小段時間，我提筆在空白紙上列出幾個待寫的題材：「花之器」、「風」、「跳舞的雨滴與彩券」、「草」、「卡片」、「綠光」、「衣魚」、「鉛筆」，似乎都是名詞，一些物。

如此躍躍欲試，乃因這些東西背後的故事曾帶給我美好的記憶，比如再訪徘徊過的林中小路，沿途有斷斷續續留下的記號，且非麵包屑之類的食物，不怕蟲鳥蟻獸叼取，不怕迷路，相信很快即能到達目的地。更令人鼓舞的是，加上先前零零星星完成的散文作品，好像離下一本書也不遠了。忽然到了的心情勝過期待已久。

第一本散文集出版於二〇〇六年，在這之後所寫的「東西」，現在讀來有如蔓草掩映的林中小屋，雖處處可見親手搭蓋的痕跡，卻也有些荒蕪陌生，不打理不行。有些還有點兒耍憨，像貓玩毛線球，令人不放心。一方面如此疑慮，一方面又對這樣癡傻的人和無用的小事物愛不釋手。想起二十初歲的我被同學發現有個發語詞口頭禪，「反正……反正……」，到底哪一面是正哪一面是反，總之是開脫之詞。

寫來寫去也還是四季這樣的老題目，彷彿關於季節總無法置之度外，總該有些東西好拿來說說。純然的去體驗一個季節一天的天氣，當作一個功課，灑脫，過分雀躍的，吱吱喳喳，但讀著是讓人開心的。

一直惦念著一篇失散的短短的小說，或說是散文，大約寫在第一本小說集之前之後，直接名為〈冬〉，寫的是小時候某清晨在三合院的老家等候賣掃帚的老頭走過來的一小段時光。他每年冬天必來一趟，擔著他手作的高粱稈掃帚，一路顫喊：「掃……手……」用他的掃帚掃地是得折腰駝背，很累人的，但刨地有聲，很有勤奮工作的感覺。第一聲「掃……手……」出現時，我立刻想像他正走在海潮湍急的橋面上，為他感到極為寒冷，然後我們幾個小孩就一直來來回回跑到門口去張望他到底來了沒，告訴正在屋裡剝花生的阿嬤他就快來了，被我們這麼騷擾，阿嬤老早握在手心裡準備買掃帚的鈔票不知不覺就和到花生殼裡去了。我已忘記我把它寫成怎樣，好不好？收藏在心底的美的記憶，不管用什麼形態出現都無損於我的喜愛，它自有一個生命，不斷在我擱置和想起時結成冰化為水。

不知不覺寫得最多的是與花相關的題目。如獲至寶地在地理雜誌上看到一篇報導，吸引我目光的是三個美輪美奐的怪東西，讀了內容更感動不已。三個形狀像拇指又像番薯的東西，但，是潰爛的拇指、烤焦的番薯，在那烏黑斑爛的表面上裹著層層或黃或紅或紫的外衣。好一點的形容，不過是一個繁華城市的形容，像一支同時擁有多種顏色但外表不盡完美的口紅。生物學家在土耳其和伊朗的山坡挖掘出它們，一種獨居的雌長吻壁蜂的創作，牠們用花瓣重疊貼在巢穴的牆壁上，瓣瓣之間黏以薄薄的泥土，好貯存花蜜花粉等幼蟲所需的食糧，並把卵置於頂端，等待孵化。這個約兩公分高的巢室內部潮濕溫暖，外表硬如石塊，可抵禦乾旱洪水和敵人，是一個理想的冬之居生之居。我們如此驚豔，但科學家認為花瓣蜂窩的美好幼蜂是無法感受的，因為牠們在黑暗中成長，視力尚未發育。這我就不以為然了，或說不願意這麼想，相反的，在黑暗中有比目視更靈性的感受。

我常在外出時坐在車子後排大老闆的位置看車，等待家人朋友去購物辦事，一邊擔心交通警察，連印有警光字樣的計程車也讓我緊張萬分，一邊又會有很悠哉的片刻，可以殺時間地一一迎送從車窗外晃過的行人，我愛看他們的衣著和表情，尤其他們不知道我的存在，或者僅是發發呆。一個淒清的冬日在冰涼的街頭，回神看見一群落葉自地上飄回樹梢，瞬間一陣狂喜，整個精神都來了。當然是眼花撩亂，那是一群麻雀，而非落葉。我所寫的無非就是捕捉、呈現落葉飄回樹梢的情景。我以為我有這樣的能力。

# 目錄

## 輯二

## 輯三

# 輯一

# 捕風

從山腳下的窩居搬至高樓，最覺不慣的是風，有時甚至到了心驚膽戰的地步。自己都不大相信，這怎麼會是被偏激的風掐大的人?!記得讀大學時的一個年初一，風和日麗，我提議去走跨海大橋，真這麼做了，和朋友各帶一個來澎湖過年的親戚，一個大男孩和一個小男孩，那時的跨海大橋尚未拓寬，護欄沒這麼高，走上橋才知道，風導演的滔天駭浪簡直要將人颳下橋去，雖然兩名台灣客很信任我們，勇敢是裝不來的，回頭是岸。今日家常的風帶給我的恐慌居然更甚當時。

各個窗子吹進來的風各有不同的風味。旁無高樓，書房裡的風一來便是大江大海，瞬間滿樓，招架不住的瓶罐乒乓墜地，一掃而空的感覺差勁透了。搶步過來，落單的卡片紙張全湧至房口，風有多大，關窗的力道就有多大，像回揮那個瘋人一巴掌，將它飄逸的長髮夾在窗框裡。

和室的風徐徐，透過參差的葉隙塵漫的紗窗，如靜詠的山泉，帶來幾許涼意，偶爾被踉蹌入侵者關閉，鐵定是它挾雨偷渡，濕了一角床墊，變天了。

晾衣間的風不算礙事，預防瓦斯外洩，一縫窗息永遠必要，掛在窗上的月曆用以遮蔽正對面住戶的窗子，三四月已整本僵硬，下緣翹起，風撥弄它們不再俐落。這窗位於大樓的凹處，風較溫吞，但個把月窗台上也會走出一道塵泥，偶爾來一陣刁鑽的風長驅直入，將恐龍領軍的一排甲蟲蚱蜢颳得人仰馬翻，好像在搬演玩具總動員。

而看似單純的浴室小窗卻多次惹惱我自床上跳起，窗上那張備而不用的百葉遮簾成了捕風的籠子，窗開得越小賊風哨子吹得越響，並且幾分鐘就夾雜一次持續數秒的簧片抖音，像隻哀痛的蜻蜓正設法救出牠那亮麗的翅膀。間或控制遮簾的拉桿敲打牆壁，摳摳摳。一向好睡的人不能成眠，它便成了代罪羔羊。而當你一個動作將它排除在外，立即陷入幽蔽的回音中。

通風，臥床旁的邊窗盡可能不關，這窗風擾亂我也是感覺聽覺上的，無常的。處於陽台左側的迎風面，窗戶外推，像隻招風的耳，感覺風加倍猛烈，嘩嘩嘩，簾幔鼓脹起來，像蝙蝠俠的披風漫天飛舞，一揚一吸的衝撞紗窗，即使簾幔束緊，鬆弛的紗網也會像頻死的鰓一樣喘動，即使再三告誡自己不必管它，最後還是起身拉上了玻璃窗。風突如其來也就罷了，多少回是未先關窗就上床，或者放縱忍受它好久還是投降。

讓我把這麼緊張兮兮歸因於牽掛陽台高踞的植物，而不是垂垂老矣。為了吸收陽光冒險將開花植物擺上高樓的圍牆，當然稍有風吹草動得趕緊一盆盆乖乖收起來，像流動攤販躲避警察查緝。有一兩回忘記已經撤退，聽到風聲才慌張跑出客廳，一望圍牆上空無一物，瞠目結舌，心跳差點停止，以前看演員這樣演戲總覺得誇張，這就懂了，一點也不。風與植物的衝突，常使我處於「心則狂亂狐疑不信」的狀態，在圍牆曬植物是自討苦吃第一重，錯上加錯是在陽台掛風鈴。

陽台上的冷氣台做擺放盆栽的平台使用，邊緣釘了三根釘子來垂吊植物，卻常不小心將植物駝到背上而打翻，懸空澆水也不方便，取下綠葉，改懸掛適於懸掛的東西。在同一家藝品店，我先後買了兩串破碎的風鈴，第一串是杏白色的長條形石片垂綴於木環下，石片上面刻有祝福的字句，「May you be happy」、「May you be healthy」，巧手的老闆娘用黏膠和透明貼布將斷裂的兩條祝語接了回去。

第二串則是一根橫楨掛了三條共六片淺磚色的楓葉，加上一串果核小簾，織成一道流蘇，高度與圍牆相仿，風平行而來，吹個正著，時而搖搖晃晃，時而敲敲打打，舊傷招架不住，很快又添新傷。斷落的祝福殘片和楓葉隨處平放在盆栽的土面上，隻字片語無限溫柔。

風持續磨著風鈴銳利的傷口和我的耳朵，以及薄薄的耐性。祝福風鈴碰撞的碎石，楓葉風鈴飄浮如割瓦，尤其是祝福，鈴舌長而又圍成圈，像聒噪不散的宴席，風起個話頭便喋喋不休。雖說這麼一來好似繫鈴於貓頸，它們絕對盡責於通風報信，但藉此衡量風的級數，輕重緩急，著實勞神。等危機解除，尚得忍受它們有一句沒一句的叮嚀。就算你無所謂了，也得顧慮其他人的聽覺。每回不堪其擾去解鈴，還怕聽見的人笑話，動作極其輕緩。見它摺疊手腳癱軟在花盆裡，像瓦解成一堆碎片的傀儡，切掉聲帶的狗兒，心裡並不好受。幾次夜半被鈴聲鬧醒，不及披衣，反射動作直奔陽台，精神恍惚，卻莫名一種飄飄何所似的孤寂漲滿心口。

聽說落磯山脈冬天的氣溫有時會降到攝氏零下五十度，我大嚷怎麼可能，有人回答那是因為風，我便無言。吹過那樣的風的人再不覺得世上有風了。

現在無須那樣衝風破浪了，待在房底聽著橫掃陽台的強風與風鈴交響，腦子裡自動遮出一個阻斷恐懼的畫面，空蕩蕩的圍牆。再無法轉移心思，甚至有個聲音提醒，放心啦，危險的遊戲不是已經結束了。理智上如此，但還是靜定不下來，疑似颱風，它在拍打搖撼落地門，不知又在摧毀什麼。

隔著密閉的玻璃，我站在臥房窗邊從側面觀看陽台。陽台上的植物違背趨光的天性一波波向內傾斜，唯有那株彩虹木與風正面衝突，這是臣服者微小的反抗。高出圍牆的彩虹木自動彎下腰桿，成一支折曲的矛，風壓著它敲扣圍牆，它啄傷了自己，一個三角形的傷口砍進枝幹中心。風至狂暴時，我忍不住去轉動它的盆子，將它探頭汲取光和雨露的部分旋入圍牆內。雖然我懷疑這種示弱的舉動不會讓它比較好受，只是換一個不耐痛的部位繼續接受鞭打。

看得入神回頭踢到風扇，窗下這個位置，床的左前方，專門放風扇，沒風的日子或拒風於千里之外，全仰賴它，一就桌畔床邊就先將開關切至「微風」。夏日它常徹夜未眠，大約五月初吹到十月底，十一月，棉被出籠時，搖頭擺腦規律的風聲如輕柔的潮水有助睡夢。書桌邊的風扇靠得更近，是專為我搧風的書僮。

還有一種風雖然冷冽卻很受歡迎。一個適於春遊的好天氣，近傍晚斷然消失，新竹的山風強勢凶悍，一夥人用完餐急急躲上車，坐到封閉暖和的車內，我自顧自陶醉地說起少年時冰風的澎湖冬夜，姊妹們手插著口袋坐在一起看電視，忽然有雙手費勁地推動著笨重的門板，一股小旋風立刻奔入沉悶的屋內，屋裡的人全都注視著，都盼望隨風出現在門口的是自己的朋友，想到為了來找你她冒著刺骨的寒風一個人走在黑漆漆的路上，心底有多感動，那是一個最想念朋友的年紀。

原載於二〇一三年七月二十二日《聯合報》副刊

# 盆栽

我有一個小陽台，兩個小窗台，種有幾十盆植物，到底幾十，我不敢也不想去數。忘了是姊姊談及憂鬱症還是我說起植物，姊姊不種植物的，她說有個朋友的小姑患有憂鬱症，竟然可以在公寓屋裡陽台梯間擠滿一兩百盆植物。她的單位是百，幸好我只有十而已。

雖然比較下不算太多，颱風來時或者安置牆下或者搬進室內，好比漁夫得去繫緊船隻收舟上岸，可忙的。起先總抱持觀望態度，狂襲中搶救植物的狼狽樣，似乎是一種使自己又笑又心跳加速的運動，也為年歲越大越慈悲，搬進屋裡的越多，簡直是個大遷徙，客廳也是房間也是桌上也是地上也是，只能說，挺酷的，好像在露營。與它們擠身斗室，分享暴風雨中的凝滯，門窗緊閉也不擔心缺氧。

過後還沒動手將它們挪出去就已經累了。外頭才真是滄桑，野獸入侵一般。心想要是種在地上全搬不動不就得了。

這樣淒迷的風雨夜，擁擠的心靈絕對禁止有黑暗面，居住在盆底的蟲兒們在動盪過後，不管歡欣或者擔心，都準備出來探個究竟，光想這個就夠恐怖的了。

有一種腴軟透明的蟲，小指般粗，肥弓弓的，噁心的程度蓋過所有同類。我不算怕蟲，很邪惡的希望一位非常怕蟲的朋友能跟牠見上一面，她準會鬼哭神號同意我的說法。尚未捉弄到朋友，自己已嚇了好幾回，有一次老眼昏花竟把出來散步的牠當做落葉撿起來。更氣的是牠們是壞蟲，盆栽垂頭喪氣了無生趣，八成是以根為食的牠們在地下從事顛覆活動，小小一盆可挖出三四隻，光想都毛骨悚然了。後來我從泥土販子那裡確定牠們是甲蟲寶寶，叫寶寶太沉重，笨拙可愛的甲蟲和牠們怎麼都兜不起來。

有時一個小園景的存在僅止是意象的，置之度外的。陽光燦爛的晨間我在客廳裡張望，喜歡保持這點距離，不參與。紗門這扇白晃晃，塵與光與霧；玻璃那半綠油油，令人想到了裡頭綴有彩帶的玻璃珠。有時間便坐在門邊地板上借自然光看點東西，身邊伴著光芒和綠意，自己彷彿成了溫室中的一大顆仙人掌。時而迷濛雙眸顧盼，哪來的植物和陽光，好似它們在更遠的地方。陽台上的陽光是為它們而來的，「它們有腳啊，輕輕悄悄地挪移。」為了追隨陽光，植物輪流來到明亮處，還得不時去移動一下，跟著光河跑。這樣還是不夠，連半日照都稱不上，它們要的真多。

我被陽光誘惑跨出陽台，彷彿是要來照顧植物的健康，其實是因為在這兒可以讓腦子休息，靜默空白如植物般。有時休息一整夜，惺忪呆滯，帶點愁緒，更是機械式的推開紗門，出去為植物噴噴水，或者光蹲著不動與它們對看。這行徑好比鄉下的農夫一起床不思索就往田裡走去，去照顧農作物，喚醒自己。

照顧盆栽，除了澆水，自作聰明亂施點肥，只要發覺植物不對勁，第一個就是先幫它換個地方，換個風水，很像小時候放風箏，拿它東試試南試試，看飛不飛得起來。有些植物本來沒事長得好好的，被這一換居開始悶悶不樂，而鳩占鵲巢者也不見好轉，只得趕緊恢復原狀。有時它們原諒我的愚蠢魯莽，有時可不。大概是田裡來的人的關係，我所能想到的就是它的泥土太少、盆子過小，為它鬆土，加土，最好是換土。黔驢技窮，最後一招就是，蛻殼換個新盆。

為植物換盆是一項為難的工作。小盆換大盆是必要的，塑膠盆換陶盆也是必要的，陶盆會生青苔白蘚越久越美，但是不僅貴又重，這不是杞人憂天，我擔心要是所有盆都換成陶盆，越換越大，會不會窗台過重而掉到樓下去。兩類盆器相容並蓄，如此差別待遇，讓我想起百貨公司裡那只讓女孩和貴婦搶到摔倒的購物袋，上面寫著「我不是塑膠袋！」穿著醜陋悶熱塑膠盆的植物只能自卑地活，而擁有陶盆的植物則驕傲地喧嚷：「我不是塑膠盆！」

原載於二〇〇七年九月二十七日《自由時報》副刊

# 鐵窗

我是個膽小的人，我並不反對鐵窗，反對鐵窗的人主要是因為它醜，最醜的就屬早年澎湖鄉下裝的鐵窗。其實那並不是鐵做的，而是直徑約四、五公分的圓形塑膠管，灰色的大水管，裡面灌上混凝土，一根根橫在窗外。有一次讀小學的弟弟回家沒房門進，就側著頭想鑽窗子進去，沒想到被這些灰衛兵給卡住了，進退不得，家裡沒人在，斜對面姊姊的同學也是我同學的姊姊，一個少女路過，去拿了一根鋸子來救人，鋸得了膠管，鋸不了泥柱，想那畫面真是恐怖至極。

所以我看現今的鐵窗就不覺得有那麼醜那麼粗魯，秀氣多了。沒那麼醜，也還是醜，但想到出門在外的女孩子和小孩子們的安全，就情有可原了。如果柵欄內還安住著一些花草盆栽，成為花籠，誰還能怪它。

我在住宅區裡亂晃的樂趣之一便是仰頭觀察陽台，尋找不那麼醜的鐵窗。最俗不可耐的是閃閃發亮不鏽鋼材質直橫格交織的鐵窗，以及咖啡色的細網鐵窗，也是最常見的兩種，共通處是全罩式的，細密死板硬幫幫的線條，有如鐵幕，防人之心恐懼禁錮之心顯露無遺。

而不那麼醜的鐵窗，至少有一顆半封閉半開放的心，硬拗出一些不一樣的鐵花紋，紋路可能十分簡單，也只能簡單，像小朋友設計出來的圖案，象徵性的一朵雲卷，一條藤鬚，蜂格，保齡球瓶。而且已經古舊斑駁，呈鏽赭色、柴色土色，搭配綠波浪葉，就有一種樹屋巢居的質樸感。也曾見過非平面式的鐵窗，上扁下凸，半空攔住一點兒空間，容許在窗腹內曬個枕心，或做些什麼有利於自己身心的使用。是一扇稍有靈魂之窗，蜂鳥想飛進來，藤蔓可以溜出去。

原載於二〇一四年五月七日《自由時報》副刊

# 如山蘇

一隻紅白相間的塑膠袋綁在門把上。有個女服裝設計師說這種袋子擺在哪哪就難看。我也有同感。之前都用厚實的米袋，袋尖積著掌心一渦的露水。這次雖用難看的袋子，袋子上卻有令人會心一笑的三個字「如山蘇」。

不常吃山蘇，也不特別喜歡，只覺名字非常嫵媚誘人，山之酥胸。上山踏青吃野菜，一桌子分著不夠一個人吃的幾截綠葉，撈幾下就不見蹤影了，吃得無知無覺，談不上什麼味道。返鄉探親都有一餐外食，都去同一家夾雜台澎港式的餐館，都吃過鹹水來的山蘇炒小魚乾，山珍加海味，吃出了滋味。金莎都要複述一遍相當簡單的做法，鼓勵我回台北自己試試。

終於把山蘇買來，市場上不難找尋，小小把，這頭寬平那頭捲縮綑成一頂后冠。還輪不到歸咎超爛廚藝，都怪罪山蘇粗硬得可以，好像啃著山脊。想起朋友說到家族中一對晚輩父母過分寵孩子，十四、五歲的女兒嚷著要吃「捲捲的」，自私的父母不顧眾目當真把那一小段一小段最細嫩的捲捲的山蘇挑到女兒碗裡。就只這一小段，捲藏起來的愛，絕對青脆爽口。

再試一遍，切掉有三分之一，差強人意，吃起來仍有點柴柴的，以後就像從前一樣不再有炒山蘇這回事了。想吃山蘇就等上山或者回到家鄉臨海的餐館。有一次返家正好遇到了海上颱風警報，運送山蘇的貨船沒有來，一向可有可無，當下竟悵然若有所失。

最令人心動的是昔日鄰居悄悄送來掛在門把上的山蘇，山上掉下來的禮物。大概我那句「我不會花太多時間在吃的事情上」讓人不敢苟同，他們時常以美食誘惑我，不通知一聲即把餐盤端過來按門鈴，搬家後，有了一段距離，仍然熱情如昔不怕麻煩，打通電話確定人在就要出門送食物。我婉拒再婉拒，最後連有時候沒有心情不準備見人都說出口，甚至開玩笑說已經吃素了。不再有電話響起。直到某天門把上出現一袋鮮豔翠亮像匹青色綢緞的山蘇，我乖乖的被釣了出來。再也不能假裝不貪吃，吃人嘴軟，口服心服，謝了又謝。

鄰居借花獻佛的山蘇是他們的原住民鄰居上山採的，據說他住的地方離我以前的老房子很近。哪個不知山高地厚的敢說要跟他去採野菜，老獵人返鄉獵山豬兼採野菜傍晚即需上山守候，樹下稍稍一眠，天濛亮便開始追尋芳蹤。哪個俗氣的敢跟他談錢，千金難買一袋青山綠水。特地交代下來，葉上的釘洞是山豬的齒痕，不必擔心。我沒有懷疑，只是聽得一楞一楞的，那麼切割葉片和刺殺山豬是同一把山刀？

曾經滄海難為水，嚐過這山蘇的人都讚嘆！哪來如此肥美滑嫩的山蘇！魁梧的葉片比市場裡人工栽植的大上兩三倍，卻從頭到尾都柔嫩得好似捲捲的。這回捎來的並非山蘇，但是美味用心依然使人感動，出自送山蘇者，所以「如山蘇」。見此通關密語，即可放心享用。

原載於二〇〇九年十一月《印刻文學生活誌》

# 花之器

那個膚色像糖炒栗子的老人說他從平溪來，手上掛著好幾隻自己做的竹簍，臉上迷惘的表情深得好似從未進過城。我跟他買了一隻竹簍，不用挑，全都編得像三顆豆仁的花生，路人看我拿在手上，問，你買這個做什麼，接著就是笑，要去捉鳥啊！我說不是啦！可以放花啊！他們根本就不聽。

回家我把它看了一看，試著掛在牆上，然後就推到陽台冷氣台的角落去了。落地門邊門簾鉤子上的簍子雅致多了，不用藤條，纖細竹籤交纏藤絲，織得稀疏輕盈，一隻耳朵勾著，斜斜欠身在牆壁上。漏斗狀的簍口一根根揚起的竹籤未作修飾，往下收束出腰身，放常春藤之類的藤蔓小物，彷彿旗袍裡溢出的濃綠織錦，或者滿滿一簍口的細葉翠耳，像支抹茶甜筒。倒立可以平站，豐滿的胸口成了裙撐。

再渲染下去，只會讓人覺得，既然如此，再添一隻竹簍不就是取其東施的對照。買它，或許是對那趟金馬崙（Cameron Highlands）之旅的追憶吧。同行的陳家姊弟看我買竹簍，笑我要去捕魚，他們有俗語「豬籠入水，有進無出」，也用來形容把錢都存起來的小器鬼。記得有一回我們一起逛街，他們看我當真在看那些易碎的陶瓷器，戲稱改天他們要是來台灣，便要挑一擔花盆來給我。馬來西亞的花園花市所販售的花盆顏色灰濁質感粗劣，太中國味，但水盤很可愛，像有堅果顆粒的煎餅，大大小小一隻一隻像買給花盆的鞋。

姊弟倆策畫這趟旅行回報半年前來台旅遊時我們的招待，一行人摸黑揮著濃霧上山，保持距離緊跟著路上唯一的車，走了好久發覺車後面載著的不只幾隻桶，還有一個人，心裡好毛。次日向晚雨後天青，我們旋著山路上升，一遍遍失而復見，詩句暮色裡的五彩長虹。入夜後發現山上也有「Secret Recipe」，興高采烈點了一桌子蛋糕，結帳時才察覺看錯海報刷錯卡，什麼優惠都沒有。我們一路購物，從鹹魚買到玉米，東西塞到後車廂一開就像土石流傾洩下來，我還不要不緊的買了一盆「歐吉花（Orchid）」，每次調整位置重新上路，就會看見它像落難的主子被拱在僕役堆中，蒼茫的幸福啊。

陽台上最特別的一個跟花有關的東西是父親給的，我想並非知道我在種花才準備這個禮物，而是因為我在寫作。他臉上微帶著詭怪的笑領著我往後院走，妹妹急跟著來，一看到它，好似她早料到會有好東西，直嚷著她也要。住在澎湖也會希罕？兩扇貝頁還相連的一隻大貝殼。當下我有點想笑，笑他們鄉下人，什麼寶咧！父親把它高高擺在後院的圍牆上，隱在礁石外露的荒屋和銀合歡綠幕之間，它那蒼老遺世的沉睡叫人不忍打擾。我甚至忘記他告訴我它是怎麼來的，不會是他撿來的，家前面的小海生不出這種大貝殼，至於它的種類和希罕性則完全沒概念，自然無法將它視若珍寶。

大若手掌的貝頁，凹槽蒼白光滑，可拿來栽培小花草，或者日復一日在西餐廳裡盛放果凍布丁，兩種用途都嫌矯揉做作，帶回台北暫時擱在空陶盆裡，盆裡來了新房客，它被推擠著直立起來，若房客太嬌小，它就鋪在底下墊腳。兩扇貝頁終究是分散了，盡可能將它們排齊靠攏，才發覺這不是一隻蝴蝶化石嗎，自然是歷盡滄桑那一面向外向上，那上頭猶有幾抹淡紫，層層朵朵的波紋好似凝固的裙浪。

僅插一枝花的哲學和經濟從未改變，身邊有的是漂亮的玻璃瓶，有時這成為喝一瓶奇怪又昂貴的飲料的理由。當中最常使用的是一支大小形狀都像試管的玻璃瓶，隱約記得是在從前的辦公室撿來的，管口捏成一隻小喙，下面有小小一圈本壘板形的底座，老老實實的厚玻璃，不擔心碰撞。五十CC的試管花瓶，可以看見花在喝水，而且很能喝，水從瓶底被吸到柔嫩的花瓣上去了。明明並非窗台，只是一條窄窄的邊界，也好插一枝小花或者幾根細細的孔雀草，叫它站上去，製造一種懸崖邊履險的美麗。

而最大一個玻璃花瓶，高近二十公分，瓶口約一片CD大，只是很少有那麼多花好填滿它，讓花直立不傾，或許將百合剪得很短，花擱在瓶口，但是我喜歡她手長腳長，歪歪斜斜做慵懶狀。最特別的是這支瓶子的顏色和光芒，每次把它捧出來，金光閃閃有如金杯、聖杯，節慶氣氛洋溢。明明初見的是它的炫耀俗麗，不明白為什麼買它。瓶子表面如有一層虹彩金箔，橘金色的玻璃裡裡外外滿布紋路，還有一顆顆氣泡，近半公分的厚壁裡好似藏有一個水陸兩棲的國度。難得買整束花，整束花的花莖還填不滿它，調整搓攏散漫的花枝好像在籤筒裡洗籤，美妙的是，每次隨意撥弄出來的狀態都彷彿是最渾然天成的布置，超自我感覺美好，而沉靜在瓶底金箔間綠漾漾的湖海怎是一枝花可與比擬。

這支花瓶是在馬公買的，有時喜歡去那間僅容旋身的小店轉轉，和觀光客擠在一塊看據說是從東南亞國家來的，貼著「19」、「23」的廉價商品（這支金花瓶的價格可是百位數的），從中獲得冒充異鄉客和年輕人的些微快樂。每次都會買個小東西，那回還買了一個畫有紫花綠葉的薄薄的玻璃小壺，平日留守在櫃子裡，回家才拿出來用，到我再度離開時，花總還開著，於是就得交代，等花謝，幫我把它洗乾淨，放回櫃子裡。

盆栽，我偏愛西式的花盆，有一處新的室內花市，逛幾次便乏了，只有一家兼賣義大利陶器的植栽店還能吸引我，尤其出現一系列普羅旺斯的花盆，質樸輕巧，微泛霜粉，好像香草在裡面住過，蜜蜂蝴蝶頻頻回來，當然價格高得嚇人。大陽台或者小花園，各式盆器植栽之間，擺著一兩隻空盆，意涵等待、未知、一切可能，許多時候是死了一棵植物之後的寂靜塵土，原封不動哀置著，後來甚至想不起這是誰的窩誰的墓，直到某天它復活了！

我最早擁有也是最像樣的一組義大利花盆，無意間在一家清倉的藝品店買的，大中小三個耐看又實用的花盆，那時居無定所，養的植物只有幾盆，遂把那中號盆送給即將搬離台北的學姊，雖然她不種花，但曾約我去過一回建國花市，那盆正適合那次她買的紫滿天星。這組粉磚色的陶盆，盆身淺浮雕搭配一點點白色顏料，做出仿編織的繩藤小格，上緣則有淡淡幾叢花葉，看似蒲公英。光這大小兩個盆就夠了，其他盆子很少在室內派上用場。

同時我還買了另一組白色花盆，記得盆上畫有粉彩的花朵，典雅，而不是鄉村風。在姊姊家從未看過這組花盆，多年後她無意間提到，他們早就把花盆拿去請專業人士鑽孔，卻一直沒有時間去買花來種，不知道收哪去，應該是在二樓陽台。

天啊！那不是拿來直接種花的，所以沒留排水孔，我說，當你買回一盆花，更好是庭院新開了花，你可以把培養盆擺進花盆，那花立刻加倍的美。這也要我說，心底滿是惋惜，至少大盆拿來放雜物，小盆當筆筒也很好。有一回我就看見一個白色蛋型花盆插滿了文具用品，老闆見我好像對它感興趣，馬上嘩啦啦倒光盆裡的東西，想把它推銷出去，看樣子他早就不喜歡它了。說來實在小器，我曾想找機會跟姊姊要回它們，想想還是算了，我並不需要那麼多花盆，雖然我一樣喜歡它們。

原載於二〇一三年四月十日《中國時報》人間副刊

# 羽衣

愛麗斯提著一隻不算小的皮箱住進來，衣物盡量少，皮箱半空輕輕的。《生命中不能承受之輕》裡的托馬斯說，他的生活沒有女人提著皮箱走進來，沒有女人提著皮箱走出去。他以為女人要的是他，女人要的是衣服，永保忠誠。

師出有名，研習、喝喜酒、同學會，甚至為消耗掉快倒閉的航空公司的預售優待機票，順便，逛逛街。而不是大剌剌的說，要去台北置裝。在澎湖也不是沒有衣服買，有兩回夏日裡陪她散步馬公逛服飾店，花不了多少錢，挺悠閒的。還不會賺錢就離開了，未曾自己在這裡買過衣服，現在大家都跑北辰，小時候是文康市場最熱鬧，一直有個幸福記憶，應該就在這條街上，冰冰冷冷的天氣，父親臨時起意給我買了件毛翻領金扣腰帶的彩紋外套，我馬上穿了回家。既然跟到馬公，也許就是準備買衣服，但我就覺得是突如其來，突如其來等同不勞而獲，加倍欣喜，也不記得是否有其他姊妹同行，腦子裡只那件漂亮又暖和的孔雀外套。

我是醉翁之意不在酒，對愛麗斯卻怎麼都是退而求其次。網路的購物天堂何其遠大，隨時都能上網漫遊捕獵，有時鎖定了獵物會叫我上去幫她看看，想起來就好笑，有次在電話中一直提點我是頂「電影《時時刻刻》梅莉史翠普戴的帽子」。有些公司貨品不送離島，她來到打開暫寄到我家的購物，有那麼點意猶未盡、不如預期。

鄉下沒得逛往城裡去，城裡逛慣了的女人到鄉下也有得逛，常常那麼不經意地逛了起來，自責而又充滿興味的，像吸塵器已被設定吸的功能，所到之處就是逛，拿它沒辦法的，即使還得擔待那走博物館路線的女同行者輕蔑的眼神。以前有個時髦的女同事得意洋洋說給我聽，說她去澎湖玩，在馬公買到一雙黑色膠鞋，朋友還以為那是山本耀司！猜是反其道呆土到無以名狀，像農夫、外太空人蹬的，倒有種走在時代尖端的自豪酷樣。買的就是這麼個玩笑，她心底明白，並非那麼回事。總歸就是愛逛，無論走到哪，心繫身外之物。

但愛麗斯不是這樣的女人，我還比較像是，走馬看花的功夫一流，浪費時間和金錢。年輕的時候每傷心起來其實是沒有道理的，於是想著衣櫃裡的衣服傷心，意思是都不快樂了還要這些衣服做什麼，也或者有了這些衣服怎麼還不快樂。

我把孔雀養在衣櫃裡。妹妹偷看我的衣櫃去跟姊姊說，裡面有好多吊牌沒剪的衣服。搬家時扔掉，未再添購穿衣鏡，白天就踮腳在洗手台前照，傍晚便看客廳的落地窗，並不認真在實際操作上。香港朋友阿鍾自大學時代即有睡前搭配明日衣著的習慣，她很訝異我出了社會還可以洗好臉臨出門才抓衣服穿。可我對衣服卻也有強烈的需求，這是什麼心態？大概對自己有許多不喜歡，老想換套衣服試試看。

愛麗斯無法想像，當盡地主之誼陪同她去物色衣物的人比她還要期盼又一季的行旅。終於有個理由打扮打扮涉入林叢，去考驗去引誘收斂著壓抑著的購買欲。通常在暑假尾寒假頭來，有時嫌折扣不夠低，安排至秋初新春剛換季，置來年春夏和秋冬的羽衣。那時他們已將折扣到底的衣服集中在一根單槓上，或許還加些陳年老貨出清，售貨員理都懶得理了；相對的，來的人蜻蜓點水也不囉嗦。一個後來嫁給富商的大牌女明星說她其實最想看這個，但得先去翻翻當季正品，邊和另一個明星好友聊天，假裝不經意走過去停留一下。

愛麗斯通常三天兩夜無法多，掐頭去尾，只能滿滿逛一天，這一天即將落幕時我心裡升起一種灰姑娘必須回到現實的懊惱。最怕是農曆年前，滿街提著皮箱走進走出的女人，她們買起衣服來就像競技場裡的戰鬥陀螺，剽悍無比，鋼鐵意志。所到之處沒有完結的一片恭喜歌，弄得人心惶惶，逃難似的，愛麗斯一身豐滿飛回去了，我猶不能平復心情。衣服所能取悅的終究有限，越來越有限，所以愈加要抓住這麼點有限。拉扯一句話來表心情，那便是，「載馳載驅，聊以忘憂。」

去年冬天她沒來，顧慮回程將遇上過年返鄉一票難求，當然也為了節省，描述她想要的物件，由我去趕集，連同妹妹要的買了寄去。過年未必要穿新衣，但買新衣是女人過年的重要節目。我雖不勇於裝扮，卻樂於擅長於說服她們嘗試變化；無可奈何脫不掉天生的毛色，再怎麼裝扮，我們總還是帶點土樣。我可能離家太久，回去總覺得南方家園溫暖，忘記海風刺骨，去年甚至凍死了許多魚，她們抱怨我買得薄不夠禦寒。

那麼是前年囉，陪她購物時自己不小心買了雙長靴，從那時擱入床底就沒再拿出來過，每想到所謂環保鞋會自動消融心裡就一陣恐慌，這回下定決心必定要將它拿出來穿出去，拿是拿了，卻還是沒穿出去，一直以為是灰色，竟然是深駝色。

原載於二〇〇九年二月《印刻文學生活誌》

# 冬陽

放下背後和室的窗簾，心想可要好好睡個回籠覺，掀開棉被飛快窩進去，且把棉被揭得高高的蒙住頭臉，邊欣喜若狂地呼吼，忽然看見一個一元硬幣大的孔洞在被胎上，透進淡淡的陽光。

原載於二〇一四年二月十一日《聯合報》副刊

# 包法利夫人掉下來

除了釘沒別的方式？藝品店的店員拿給我一塊黏土，說能無痕負重好幾公斤。我不太相信，只拿來黏一幅木框的明信片，頂多五兩。附著的地方在洗衣曬衣間門邊，上頭就是瓦斯度數表，背陽陰暗，不受注意。貼了有兩年，最近終於掉下來，在夜裡，發出的聲響不算大，沒有讓人立刻循聲找過來，後來無意間發現，還不明白這哪來的什麼。正面向下，背面朝上，深咖啡色的木框周圍糊著天藍色的黏土，摸起來像口香糖還有黏性。牆上亦有這樣一框拿得掉的藍痕跡。

拆開相框，明信片背後印有「Madame Bovary 1991」。《包法利夫人》書看過一遍，電影也只看過這個版本，法國演員伊莎貝雨蓓飾演包法利夫人。她有張靈氣固執的嬰兒臉，有時也殺氣十足。

那時可能是剛看完書刻意從上百部影展片中挑出這一部，明信片也是在記憶猶新時買的，對影片中這個場景留有印象。故事已近尾聲，此刻的包法利夫人心力交瘁，對自己和世界絕望了。婚前的愛瑪是個編織的女孩，現實是她的包法利先生再平板庸俗不過了，追求理想的愛侶最後也不過是縱慾，耽戀珠寶華服，使她債台高築，破產之際厚著臉皮去向分手的情人乞憐求借三千法郎被拒，曳著一身黑衣獨自穿過向晚的樹林。應該是秋天了，林木最盛美的時刻，有綠有藍有紅有黑，繽紛的碎片。夕照鍍金的繁華葉朵，將她頸上腰間的項鍊別針襯得那麼微不足道。

時間久遠，印刷品和壓克力封殼都泛黃了，蒙上一層膠似的，使她更凝重更像是歷史人物。她的衣裳當然講究，但是我們已經看不清楚那些細微的做工，肩膀兩葉蝶翼般的蓬袖，撐起她沮喪下垂的美人肩，胳臂收束成窄管，如黑色小河。纖纖腰枝拖著沉重長裙，裙腳處撩起一角，露出婚紗般的白蕾絲褶襴。她閉上偷歡後自己都曾讚美那麼大那麼黑那麼深邃的眼眸，臉微左傾仰長了脖子，近似紫黑色微張的雙唇，好像連嘆息的力氣都沒有了，卻一副迷醉的模樣。除了裙襬一角，雖然多彩但暗沉的畫面中僅臉和脖子是明亮的，蒼白的明亮；修長的頸項比後仰的臉部更擴大更搶眼，疲憊而憂傷快窒息了的脖子像一座傾塌的橋。

福婁拜說少女時代的愛瑪喜歡海是因為海上的暴雨，喜歡樹木，但只喜歡廢墟間的樹木。她果真領略到了，從暴雨和廢墟中走來，她添了沉魚落雁的美，自己也成了沉魚落雁，掉了下來。

原載於二〇〇九年四月《印刻文學生活誌》

# 愛哭的小孩

金莎有個來台北研習的機會飛了，問她為什麼，電話那頭突然嗓音好低，「因為有個愛哭的小孩！」我耳朵為之一亮，說到這個我最有經驗了。我都已經幾歲人了，不久前我的堂姊還提這事，讓人打電話來取笑我：「聽說你小時候很愛哭！」也不知道說法是正面或負面，正面是，別煩惱，那個某某某小時候多愛哭，你看她長大多懂事啊！反之，那個某某某你絕對不曾看過那麼愛哭的，你這個小case啦！

我一一細數小女孩哭的情形。已非一兩歲，都小學了，每天早晨睜開眼睛第一件事就是哭，金莎形容是「哭哭啼啼」，彷彿清醒的世界就是噩夢。可以獨唱好久，好長的樂章；但也不是不管一切的，猶顧慮著上學時間，越是擔心這個就越收拾不了悲傷。要是同學來了立刻噤聲抹乾淚水，裝沒事。金莎說對對對，就是這樣。我說：「所以那時候我大姊說她每天早上醒來第一件事就是煩惱等一下要怎麼哄她。」清早就鬼哭神號，的確叫人六神無主，金莎又是對對對，她也不曉得該怎麼哄她小孩。奏第一樂章時有點心疼，第二樂章開始心煩動怒，第三樂章軟硬兼施再哄騙看看，最後無可奈何，只有悲愴。寫文章有個起承轉合，哭是沒完沒了。

愛哭的小孩撒嬌又撒野，好討人厭。他們坐在牆角賣力哭得汗流浹背死去活來，有的磨背扯頭髮，有的猛搓腳，搓到皮都破了，哭久了還隨地撒尿。現在孩子少才寶貝，以前可不一定有人來安撫，尤其已經哭成習慣的。人來人去，各忙各的，不是視若無睹就是丟句：「啊還在哭！」「還在吹鼓吹！」「再哭，肚臍凸出來了！」惡毒的甚至咒罵：「哭死好了！」未聽過小孩哭死，就怕那些發怒的大人打壞了孩子，都歸咎於他太過哭鬧。小孩在家哭並不安全。愛哭的小孩上了街動不動就哭，又常弄得帶他出去的大人手足無措無地自容。我曾想該設計一種類似傘帳篷的東西，狀況一來就撐開來，大人小孩一起躲進去，它能隔音，等雨過天青才出來。為縮短哭泣的時間，它應該還有音樂玩具等設備來幫忙逗他破涕為笑。

我在《流水帳》裡就寫著一個愛哭的小妹秋蜜，然而她的功力尚不及我。童年的記憶裡好像只有我成天在哭，沒弟弟妹妹哭的份。我以愛哭出名，遠近馳名，那些台灣的親戚不管隔多久再回來，看見我就是問：「這個就是那個愛哭的啊？」因而他們都跟我有仇，我恨他們，希望他們別回來。記得有一年阿姨返鄉奔喪，見識到我愛哭鬼的模樣，非常折磨她姊姊，就幫忙治起我來，我死命的哭著找媽，大老遠都聽得見這兒有喪事。好慶幸她不是我媽，結了這梁子，我跟這唯一的阿姨怎麼都親不起來，即使後來我長大懂事了。

去到學校卻非常乖，下課不玩不離座。沒錯！金莎說，她說同學都不跟她玩。看似文靜乖巧待在座位上，兩隻眼睛水汪汪。我懷疑我是因此而當上模範生的。我們的伯公知道了嘖嘖稱奇，跟好多知道我的人說，這個愛哭的，怎去學校那麼會讀書啊！

倒是我的好同學謝比較會哭，她是那麼斯文秀氣，連哭也是，受點小委屈，甭說罵，一句輕輕的重話、玩笑話，她便定睛不動，眼眶紅上來兩圈，蓄滿淚水。男同學因而給她取了個綽號「紅目空」，音似紅眼眶，一種粉紅色的魚，眼睛大又紅閃閃的，台灣這邊叫紅目鰱。這種熱淚盈眶的哭法我見猶憐，男同學膽敢冒犯，老師處罰起來比有人嚎啕大哭來告狀更凶哪。

能哭是好事，就像能吃能睡那麼自然，光明正大哭出聲來是大人最羨慕小孩的地方，哭個夠，哭個飽。有回我正走向一家餐館，看見一個大約八、九歲的男孩子背對馬路被他媽媽連呼兩個巴掌，明亮的夏日正午，巴掌聲、媽媽的惡形惡狀都加倍清楚，媽媽氣他問話不回答，再狠補一記，五條鞭子抽在臉上，手勁之大，就像對付大人。他沒哭，一點聲音也沒有，乖乖的被訓完話毫無異狀的回到我進去的餐館繼續用餐，桌邊除了媽媽，還有一些類似親朋好友的人。這就是人生，小孩子也懂。

真擔心或者編理由，金莎的小孩說她怕她的代課老師，因為她說誰講話誰的嘴巴就要用釘書機釘起來。太遙遠了，一點也想不起來小時候為什麼哭。感謝老天爺給我一個沒脾氣的媽，童年缺少父母親的關愛，她對孩子百分之百的容忍，從不曾打罵孩子。哭到曲終人散非常寂寞又下不了台時，她總會來照應我，拿條溼毛巾給我抹臉。

暴風雨總算過去，還不想上岸，望著天空，靜靜躺在船板上漂流，極睏又極清明，暗自記取教訓，下次再也不哭了，丟人現眼。就像歌詞裡唱的泥娃娃，一哭便走樣變形，得再花許多功夫才能重新做人。

愛哭的小孩長大依然愛哭，排行在我上面的姊姊卻是超級樂天，長大依然如此。最近她告訴我她家的老狗喜喜走了，一直等到她回家才斷氣，我的喉嚨一緊，眼淚像電梯自動升上來，生怕她在電話中聽到哽咽，又好像這是個哭掉所有不快的好時機，硬是問：「那你們不就哭得很傷心！」她竟說沒有，幹嘛哭，牠生前我們對牠那麼好。真氣人，肯定是老天爺把她的眼淚都給了我。

小時候不懂事哭，長大懂事更要哭。世間悲哀的書太多，因閱讀而哭倒不多，印象中好像只有《紅樓夢》和《老人與海》。看電影掉的眼淚比較多。最催淚的還是我們的電視新聞。一個經商失敗的單親爸爸不告而別把兩個兒子留在旅館，哥哥去寄居親戚家，上國一的弟弟偷偷睡在放學後的教室，十三歲了，勇敢接受訪問前一定做足了心理準備，絕對不要像小孩子哭，一開口，未語淚先流，兩顆特大的淚珠自打馬賽克的雙眼滾下來，直流到下巴，哪個人看了不會跟著掉眼淚。

原載於二〇〇九年十月《印刻生活文學誌》

# 吃水果

讀愛亞的〈吃芒果之後〉，她說吃完芒果應直接洗手，而不是抹了紙巾再去清洗，這我贊同，有更徹底的是一位非常節儉的男性友人，他說他專挑雨天站在屋簷下啃芒果，啃完就地洗手洗臉，紙也省了水也省了，方便暢快。這種經驗小時候或許有過，現在已非常難得，這種人畢竟不多，問題是雨果淋漓可能順著兩肘流下來而濺到衣服，這對只愛自己和衣服乾淨不知道地球也愛乾淨的人們怎麼行，也許得等到限水非環保不可時才會有這樣的情景，在雨天屋簷下排排站練習啃芒果。

吃水果吧，有什麼東西像水果那麼全然的令人甜蜜清心。在泰國工作多年的舅舅別的都沒說，只說每逢假日必至市場採買水果，直到提不了得乘計程車回家，很多時候他都是以水果果腹的，他喜歡那樣的日子，打算長久住在那兒。水果讓人樂不思蜀！聽得我好羨慕。水果確有如此吸引力，前年夏天妹妹一家打著採水蜜桃的口號從離島來，舟車勞頓幾個水蜜桃下肚，妹妹在路邊就吐了起來，怎麼今年又祭出採荔枝來了。

縱使再厭煩的工作，再鬱悶的心情，吃水果吧。家中不是時時有好花插在瓶供養，卻每日有鮮果擺在盤中，餐桌上、水壺邊、窗口下，雖然沒有供佛，卻有佛在那兒。特別偏愛一隻藍色復古花瓷碟，搭配任何水果都相得益彰，彷彿為寫生作畫而擺設，光線視線皆停留，時間為之靜止。另有兩個會變戲法的木雕容器，果子一擺進去，就好像睡到搖籃吊床裡，極富度假風情。

光就水果而言，我的童年生活是再飽足美好不過了。夏日屋內疊堆著自家收成的瓜果，孩子學著用刀，個個都是一刀兩斷的切瓜法，再以湯匙盛挖果肉，托著一個綠缽（嘉寶瓜）或黃缽（香瓜）邊玩邊吃。而現在屋裡只要一顆完好的西瓜哈密瓜在就會令我牽腸掛肚，時時自問：「差不多了嗎？會不會太熟了？」不止是瓜，還有返鄉的親友帶來作伴手的水果，早年還是用個竹簍子裝著果葉紮著，看到這行李便問：「誰回來了？」帶當季水果，即時、沉重，好有心意。但這可能只是小孩子的想法、嗜好水果的人的想法，遇到世故的老祖母，卻要鄙視的看它一眼，說：「拿這！」特別是對那些荷包滿滿的來客，即使是昂貴的整箱蘋果水蜜桃，沒有冰箱，還不是四、五天賞味期早早送進嘴巴了事。最好別不捨得，當天即分送一些給別人家做人情，其餘攤散在大圓篩，搬到床上去。這幾日不需覓零食，早晚進房間去瞧瞧聞聞，奢華極了。

瓜不熟客人不來，大多數的平常日子就只有等父親進城買水果，半日功夫便搶食一空，剩下綑著紅繩像掃把頭的荔枝枯枝、一個像被折掉琴鍵的香蕉頭，嘈嘈切切，吃的人沒吃的人都有話說。也有又吃又拿的，他什麼都不說。同學雅青就說她兒時很賊，暗地裡黑眼珠往奶奶衣櫃上瞟，竊笑著用蹩腳的閩南話跟奶奶說「扣（釋）迦仔！」原來藏水果的人還真不少，有時藏忘了，就慘了。

離家外出，開始學著買水果，學校對面一處「田邊」，據說往昔是農地，後來變作夜市，另名「田邊俱樂部」，女學生結伴來此挑選水果養顏美容，夜空下低頭專注之際，背地裡一聲「學妹！」大家紛紛回過頭去，有人笑了，叫學妹不應，叫學妹才答。現在清晨上市場，攤位還未擺齊，邊散步邊張望，越看越多，買這買那，明知將有遠行，還是克制不了，有時還得拜託朋友幫忙消化。

初到馬來西亞婆家過年，最不習慣的是在那樣的豔陽天重口味，他們竟然沒有吃水果的習慣；他們說「生果」，彷彿野人的飲食。最常見的是他們拜年必備的伴手和回禮，柑，熱天吃柑很不錯，可惜那些中國大陸來的暗沉小柑又醜又乾，根本不能和台灣豐滿的柑橘相比，聊勝於無，我也吃著吃著。偶爾廚房門口那張擱舊報紙的木桌上出現了生果，肯定是別人家送的，剛從枝頭飛下來，且數量龐大。例如一掛好幾串上百條青澀的香蕉，聽說筋骨不好的人不宜吃香蕉，我才不管，還特別偏愛六七分熟。沒人捧場，青色香蕉一日日斑黃甜膩起來，更加努力的吃，吃成一種饑饉荒涼的心情，難怪他們看我很鄉下人。

有時是年初二大嫂回娘家自產地載回來七、八隻黃梨（鳳梨），因為大哥愛吃黃梨。有時是獨居的大姑丈剝好的一大袋波羅蜜，說是很熱（火氣大），也沒人賞臉。年初一表兄弟妹們去給大姑丈拜年，偏僻的屋子，左鄰右舍空無人住，兒子遣一外勞陪他在此過年，門口一條小梯斜下去，赤地裡幾樹木瓜波羅蜜，安逸寂寞的家園。可惜今年他老病無法獨居，入住安養院，不再拎著蔬果來看我們。

現在家婆封我為「水果王」，我們回來前她已買好芭樂蘋果放在雪櫃裡，光想到這個就覺得幸福，好像戶頭裡有了存款。有時他們看我要了幾張馬幣趿著拖鞋

出門，就知道是上街買生果去了。幾步的馬路常常車水馬龍，不容易過，烈日當空眯眼望，木屋下高高低低金黃的果攤被車一刷一刷忽隱忽現，我滿心澎湃像會老情人般。

最常買的是台灣沒有的香梨和「嚕咕」。香梨是中國大陸來的，我猜一定是新疆來的，才會這麼甘美，外表似台灣俗稱的西洋梨，更青脆多汁，吃一百顆就有一百顆好吃，有時我還會偷偷挾帶幾顆上飛機，回台北擺在盤子上，看它們疲累的臥姿似乎也有鄉愁，我也意盡了。只是當地好吃的水果太多，漸漸就把它給拋棄了。嚕咕是當地水果，看似龍眼，體積較大果皮較厚，不用剝的用扒的，裡頭一瓣瓣小果肉，甜中微帶酸。水果無分貴賤，對味就是了，但是我覺得第一等水果就是這種及時行樂赤手空拳就能吃，吃完也不需洗手，像橘子香蕉荔枝龍眼釋迦，嚕咕也屬這類。他們看我一個接一個，一面囑咐別吃多上火，一面也剝一個吃吃，真有那麼好吃嗎？

我邊吃還要邊問，怎麼每次回來都沒遇見榴槤山竹？他們說不多久前才有人送一布袋榴槤也沒人要吃。榴槤我倒真的不能多吃，怕喉嚨痛，且每次買就一定會這裡不對那裡不好而不能吃，只是想起我媽，一個奶味椰子味什麼不合常理的味都排斥的歐巴桑竟然很愛吃。山竹，他們也說不清，好像是五月吧！沒有季節的地方還真麻煩，不像我們四季四隻碟子擺著四色水果。

山竹則讓我想起峇里島之旅，早年《國家地理雜誌》譽為眾神的傑作的地方，如今顯然走了樣，只有大吃山竹的滋味令我想念。同飯店一名貴婦指稱打掃房間的婦人偷了她兩個山竹，我明明數過，她說。珍愛那些果子如同珠寶的數著，我懂；只是，當地的婦人怎會稀罕那兩個山竹呢；若她真的吃了，也不過是種惡作劇的不屑的心態吧。

常聽他們說要看花看山看春天就要上金馬崙去，今年過年終於成行，沿途土產都買來嘗嘗，我又貪吃提起想吃山竹，他們不可思議齊聲驚問：「山豬？」聽見是山竹便低八度說現在沒有。我們先在麻六甲逗留，這裡我已來過兩回，並無新意，卻還是在一個像吉普賽人的灰撲撲的遊樂場流連入夜，驅車離開時忽然眼尖瞥見路邊簷燈下掛著串串山竹，緊急煞向路旁，全車人爆出感動的歡呼：「山豬！」

原載於二〇〇八年三月十二日《中國時報》人間副刊

# 跳舞的雨滴與彩券

早晨醒來看見窗外雨落在斜斜的紅屋頂上，忽然想起昨晚在新加坡機場看到的那個東西，附帶一個有聲音的想法，要是中頭彩就去買一個——「那個東西」。

接機的人遲到一個多鐘頭，一個多鐘頭幸好出現這座，或說這團，跳舞的雨滴，時間在觀雨中很快就溜掉了。不是看見才走過來，而是不知不覺背對跳舞的雨滴下方的電扶梯坐著，匆促止步的旅人高舉著手如讚美上蒼，順著他們指間的照相機向上望，金色的雨滴從天花板而降，低低高高懸止於半空，溜動的片刻和止的剎那具有某種令人舒暢的魔力，好像被掛在上面的是無數個你。

仰臉，瞠目結舌，不覺鬆動嘴角推動笑肌。擁有，便無需形容。它像圓頭的梳針點擊著頭皮，也像在編織銀河，或點閱無字天書，飛翔的珍珠項鍊漁網波浪船，流動蕩漾，目不暇給，不得放低下巴，直到它們齊整地收回透明的詩句、琴弦、雨絲，動作劃一的鑲進長方形的星空，吊著的胸口終於可以放下。靜止，大約是指揮敏捷地翻動樂譜的須臾，星群紛落，又把傀儡們的頭吊高起來。

幾天後我也不是故意走到這裡，由高處俯瞰跳舞的雨滴，像溜溜球一樣的重複開溜逃逸與回歸，慶幸首次相遇我站居低處。

它帶給我的美好是，第一次如此明確不加思索說出頭彩彩金的用途，不解的是，何以不在機場的當下，而是面對真實的跳舞的雨滴。

原載於二〇一三年七月二十八日《中國時報》人間副刊

# 祖母臂

我問女性朋友：「有沒有聽過祖母臂？」「祖母被？祖母壁？」總是看到她們一臉訝異。但是不需解釋，以祖母來作形容，即使像「祖母綠」這麼美的詞，也難免帶有遲暮的威脅，聰明如她們多少心底有數，知道這不是什麼受人歡迎的東西。

當今醫美盛行，平民化且生活化，許多令女人驚恐不安的名詞一天到晚放大在媒體上，大家已經非常熟悉祖母臂的另一個同義詞，蝴蝶袖，我十分討厭這個說法，語過譁眾驚人，哪一點像。

女性的臂膀肌肉鬆軟多脂，稍稍搖動就亂顫，這是三頭肌萎縮的結果。由於婦女大多數手臂動作（抱舉小孩、提拿雜物）只牽扯到手臂前端的二頭肌，至於手臂背面的三頭肌甚少勞駕到，因而難有扎實的肌肉。

我首先想到的並非祖母，而是我母親。過去為母親添購衣服彷彿是姊姊的專長，自她出社會已行之有年，我們只管送些周邊物品。自從有一次和韓韓一起逛街，看見獨生女的她替母親買衣服，我也開始學著給母親買衣服。結果是，母親一而再、再而三囑咐我，千萬千萬別再替她買衣服。才入門就絆倒了，我買的衣服，雖也考慮她心寬體胖的身材，卻常常只是憑空想像顧此失彼。五件有兩件半不合身，三件胳肢窩順下來手臂的部分過於緊繃，更遑論喜不喜歡。這也才明瞭三圍之外量臂圍之必要。

國中時知道有「Armstrong」這個字這個人，我只覺得好玩，便拿母親開玩笑，「阿母斯壯！阿母斯壯！」獨一無二，遠遠聽見便曉得是我在呼喚她。鄉下孩子普遍叫母親「阿母」，上一代多產勞動的女性到了中年以後體型往往已變得比丈夫更為碩壯，且推動搖籃的手臂可能比小腿要來得粗，因此「阿母斯壯」不但一語雙關，而且貼切。

祖母臂，蒼白、多斑多皺，少壯的肌肉和力氣一齊鬆弛累贅下來，垂垂老矣。又好似小女孩穿的燈籠袖子，經常清洗而走了樣。我伸手去掐它，祖母笑了起來，好像我搔她癢似的。起先我也笑，然後突然感覺變了，有些可怕，羸弱顫抖，令人手軟的軟。遙遠的童年裡有一種軟的記憶與之相似，那就是寒冬掛在樹上蛻殼換翅的乳白色的蚱蜢，我每愛偷偷去撫摸牠幾下，神奇的柔軟。

祖母臂並非祖母們的專利，避之唯恐不及的亦非這些祖母級的女性，而是渴望瘦骨嶙峋、一年四季都不排斥無袖衣裳的年輕女士。手臂是女人的時髦武器，削肩露臂最能展現女人的輕盈柔媚，模特兒之所以稱為衣架子，美腿只是基本條件，如影隨形襯托著臉孔的一對如蛇溜出的臂膀才是關鍵，再多裝飾也是畫蛇添足。服裝設計師無用武之地，想不出比無更美的方式，只好常常令其空白赤裸。春天快來的時候最怕看見這種報導，預告春夏粉肩裸裎的比率將大幅增加，提醒女性同胞及早做功課。更變本加厲的是連單肩、細肩帶、軛領上衣都不要，一體成型光溜溜的一副衣架子直截了當如一道虹橋浮出胸口，一種簡單的華麗。

更捉弄女人的是，女人不同於男人，脂肪傾向囤積於上臂、大腿和臀部。從未做過體能運動的男子，上臂肌仍較勤做運動的女子緊實得多。女人難為，過去品頭論臂，只要白皙就能受到相當程度的讚賞，後來思骨瘦如柴得楚楚可憐，如今不僅需瘦得恰到好處，更要講求肌肉與線條之美。據說瑪丹娜般拜健身房所賜

的雙臂，引起眾多女子效法。唯一值得慶幸的是，祖母臂不像蘿蔔腿那麼江山難改，勤於鍛鍊就有希望雕琢出勻稱有致的上臂。健身顧問說，最佳的運動就是緊縮三頭肌的伏地挺身，若再能舉重，效果更佳，越年輕開始越好。懶得做這些男性化高難度的運動或根本追不回逝水年華的，還有個下下策，我看新聞報導說，手臂內側是可行的抽脂範圍。

對於手臂，矯枉過正的女人很多，有自知之明的女人很多，不管三七二十一肉團團招搖過市的女人也很多。不管是哪一種，想想，母親環抱著孩子，讓他的小臉枕在多肉的臂彎，是何等幸福的景象。別挑剔過頭了！

原載於二〇〇一年三月二十日《中國時報》人間副刊

# 茉莉

因為有〈六月茉莉〉這首歌，有人便以此作為基準，往前往後的思量自己茉莉花開的月份，因而微微感到得意，好像它比別人家的善於開花。

三月晴暖，一抹雪白的香氣在紗窗外浮現，伴隨著驚喜，其實隱約有些責怪的意思，好像客人太早上門令人慌亂，她很客氣，說只是路過先打聲招呼，附近隨便逛逛就去了，去了便沒再回來。

四、五月茉莉枝葉大幅增加，紗窗的簾幔跟著越捲越高，直到末梢翠嫩的枝枒映入眼簾，串聯的斑點葉影歇在和室的床墊上。常常我是瞥見枝枒垂頭成問號才急忙為它補充水分，一天澆一次水顯然已經不夠了。

茁壯的枝頭像燭台那樣放上香氛蠟燭之前，必有苗條饑饉的青色小蟲前來造

訪，除了茉莉遭殃，窗台其他植物皆安然無恙，牠們只愛茉莉。陽光炙烤下的窗圃，就茉莉的葉片像輕揉過的玻璃紙油酥透亮，秀色可餐，光用眼睛看彷彿就能聽見脆口的聲音。

小蟲神隱在林幕間吃喝拉撒醉生夢死，和著一些棉絲將自身黏裹於葉背再無動靜。這使我聯想到那個被溺愛的小孩的故事，即將出遠門的母親怕他餓肚子，特地織了一大件麵餅給他當被子蓋，荒懶成性的孩子僅動口啃完胸口一圈而給餓死了。這也就罷了，一旦驚醒，小蟲爬起來可拚命得很，連續性的切換著服貼伸直拱身成圈這兩個動作，貪生怕死一點骨氣都沒有的樣子看起來很逗趣。單純一條葉綠素的直腸子，沒別的，幾年下來我也習以為常。總要等到葉片齧痕累累乃至雕刻出骨脈來，我才會拿出剪刀鉸去一枝枝受傷的茉莉，有些已結了花苞，還需忍痛做出取捨。剷除沒有做到徹底，也不可能徹底，但牠們去了便沒再回來。

忙東忙西走進走出，一恍神花就開完了，花謝後的枝條經過修剪，六、七月葉生花起，算是第二梯次。盛夏烈焰，葉偏金黃凹凸更甚，珍珠耳環般的花苞顯得較為渾圓，香氣也更凝結。傍晚開窗將洗米水倒進花盆順便深吸一口氣，瞎忙整晚，直到夜深熄燈葉鬧紛紛的窗框剪影在白牆上，枕頭放在窗口下三十公分的地方，頭抵著窗口躺下，才能好好享受這場盛宴。聞風陶醉，無風花自飄香，還情急的吸長鼻子，暗地裡自言自語：「好香喔！」

早餐結束後，在喝了咖啡牛奶的馬克杯裡加了水開窗往花盆裡倒，暫停手把兩朵落花撿起來，那花的形狀像振翅的瓢蟲，想了一下，拿剪刀回到窗口，輕輕剪下猶在枝頭迎接朝陽的一小朵茉莉，小心翼翼插到試管瓶裡。半個鐘頭不到，嫣然的小白花悄悄瞌落。這時已是八月中。

原載於二〇一三年十月二十二日《自由時報》副刊

# 鞦韆與吊床

家裡小玩意太多，又買了兩個回來，放在書桌上供我羨慕。兩隻安逸的花栗鼠，偏愛這鼠名，就當牠們是，一隻穿睡袍站著盪鞦韆，一隻躺在吊床上看書。幸福的兩件事，掛在枯木上，晃盪。

原載於二〇〇九年十二月《印刻文學生活誌》

# 小物欲

一個初來乍到的後生晚輩邀我陪她去逛街，雖然是學生逛的地方，東西貴不到哪，但她從衣到褲到鞋到包到錶到筆記本，品項幾乎不限，有一件長袖棉質外套還買了兩個顏色，末了她淡淡地對我說：「我的物欲不高！」我著實嚇了一跳，只能笑笑。

也許吧，這些全是必需品，她只是畢其功於一役，不貪圖一次次地滿足物欲。也許吧，快手買許多樣東西的人物欲未必高於朝思暮想只買一樣東西的人。

也許我是有些妒忌，學生時代（乃至現在）從未曾如此暢快地購物，當時和我走得很近的一個女同學家境相當富裕，我們一起住在寂寞的宿舍裡，我常有機會看見欲生物、物再生欲的一種循環實現的過程，也感染到那種取悅自己的快樂。

有一回她買了一件時髦的黃底綠格子七分褲，她保守的男朋友警告她，下次再穿出去就要把它剪破，不過是句甜蜜的威脅，她也好乖乖聽話把那件褲子塞給我，我當然不敢也不想穿出去，遂一直當作家居服，穿了大概有十年才回收掉。這不表示我很節儉，而僅僅是一種習慣性的戀物，因為她，雙倍戀此物。後來她和這位下格物令的男朋友終成眷屬，那麼點犧牲也算是值得，只是被扭轉了衣欲的方向，像失了原始的創作力。

也許吧，那個年紀的我也曾經拿「不以物喜，不以己悲」一句無欲得像出家人的名言來勉勵自己。役於物，顯然有些可恥。有一回我和愛麗斯聊到一個朋友和他女朋友分手了，坐在一旁的我家的阿嬤聽見了，不分青紅皂白，立下斷語，說若是那女孩子看到東西就欲買，那哪有辦法啊！我和愛麗斯相視大笑，彷彿女朋友物欲太強絕對是分手唯一的原因，簡樸是女孩子家基本的美德，宜室宜家的女孩應當清心寡欲，哪能理解每樣熱情都可以被轉換為購買的機會，尤其是年輕女性。又說我阿嬤，從前她只要聽見我們韃韃狂奔回家的馬蹄聲，就會立刻出言：「鞋若穿不壞，拿刀子來割啦！」說得也是，舊的不去新的不來。

物欲即是占有欲，因為是單向的付出，占有物比占有人手法來得簡單，且快樂。被喜愛的東西包圍的感覺真好，換作是喜愛的人，非但不可常得也不一定好。姊姊小時候很會畫娃娃，比起店裡賣的彩色印刷紙娃娃有靈魂得多，配合娃娃她摺了些小紙盒，一組組訂了售價，我也好傻傻的拿僅有的一點零用錢去跟她買，當作對她和她的作品的肯定。更受不了的是，每回看她手上有個同學送的小玩意，我就會涎著臉像乞丐一樣見一回討一回，不知是弄到她快煩死了，或者本來她與那物的蜜月期也快過了，它就是我的了。但是不消三五天，就會聽見姊姊殺氣騰騰叫嚷我的名字，她看見那東西被亂丟，壓根像沒人要的一樣，辜負了她的割愛。

只能說那些東西以及取得那些東西的過程不夠特別，最終連朦朧的記憶都不留。比方說年幼時小學同學林轉送給我的一張卡片，至今那種珍物感仍在，那卡片表面封著一層糖膠似的東西，把它拿起來動一動，裡頭立體的畫面就會跟著晃動，畫中有一隻棕色的熊，住在一間有壁爐和格子沙發的木屋，看不見的冰雪包覆滿屋的溫馨，我對耶誕的羨慕與幻想就是這樣。即使如此，我終歸要把它搞丟，現在手邊已無任何一點兒時的紀念品了，無物累也無情累。

幸而長大後我那占為己有和紛紛揚棄的劣根性有了良性的制衡，不至於過度發展，做不成收藏家，亦未玩物喪志。但是，在玩家層次和無欲則剛之間，目標太多欲念太雜，最不易淡定。上乘的物欲當像雲般來無影去無蹤，糟糕的則可能是噬人的變形金剛。一個事業有成的中年女性表示自己現在是幸福的，想吃什麼就隨心所欲點來吃，買衣也不必看標籤。這正是掌控物欲享受物欲的表現，除了知足常樂，我想更是她的世故，對自己和那標價有相當的把握了。

理性談論物欲，而其實「購物狂」、「戀物癖」、「自戀狂」這種字眼常令我莫名興奮，揮霍的狂人，就像下雨不撐傘的人總令人好奇。

有人說一個好的假期是要跟比自己更沒有時間觀念的人一起度過的。一次快樂的購物，不會是和太節制物欲太有金錢觀念的人同行。物欲是一種私密的心理活動，常常是不容解釋的。有一回我和一個女性友人逛花市，她見我看上一盆花又三心兩意，便快快的將那花買下來，這樣的舉動不會令我感動，當然也還不至於惹惱我，但我不喜歡這樣。我最討厭售貨員說的一句話：「你還在考慮什麼？」

物欲一旦指向固定的型態或者品牌，便容易著收集之魔，卡奴常常是這樣產生的。有好些年我順勢成為某種動物造型的愛好者，朋友甚至耳聞的朋友的朋友都豐富了這項收藏，它們被集中在一個玻璃櫥窗裡，有機會我就會如數家珍的說起這隻那隻是哪個朋友哪趟旅行帶回來的，順便做做記憶訓練。落了煽情廣告的俗套，這整個生態讓人想起「寵愛」這種詞語。

某個名媛面對媒體不懷好意的質疑，她說：「到我這個年齡有幾樣珠寶也不為過吧！」年紀越大喜愛的東西越小，兜了一大圈，類似童年時的可愛小物仍常牽動我的物欲，這是被默許的一小塊保留區，也是一種不為過的心理在作祟。只是此小物已非彼小物，它的每一個渾然天成的線條都是價值，讓人買不下手。約翰厄普代克筆下的女巫亞麗珊卓捏塑的那些小人偶，「男人覺得它們很有趣，女人則不只如此，她們會著迷或是感動，在這些人偶中，認出自己。」高中時候有個成績優異的學姊來教大家讀書的方法，她說書桌上應該清空，不可以擺放任何可能令人分心的東西，指的正是這些小玩物吧！書桌上毫無擺設不就像教科書一樣無聊枯燥。我以它們的牧者自居，而其實是這些酷酷的從不安慰人的小東西收容了人們哀無可告的眼神。

有一回我去一間非常有藝術氣息的咖啡館參與文學對話，館中正展示一位手工藝家的作品，幾隻稱得上饒富詩意在森林裡織布機上的小老鼠小綿羊使我情不自禁露出貪婪如狼的眼神，有時候還真恨創作者的巧思巧手。我認定它們是非賣品，但不是，每當發現自己喜愛的東西是非賣品，我感到驕傲、放心。當我抑制著欲念回到座位，多看幾眼的欲念罷了，參與對談年輕有為的男作家問我有沒有什麼收集，我吸了一口氣，說：「花草樹木吧！」

原載於二〇一四年三月四日《中國時報》人間副刊

# 鉛筆秀

市場地上蓋著一隻傳統的鋁鍋，七月半廟口拜拜用來盛裝炸物那種，三枝鉛筆如箭般地扎在鍋子上，鍋上尚有數不清的黑色小孔，彷彿經歷一場槍林彈雨。任君操練，文攻或武嚇，筆心不斷，是他鉛筆的賣點。這一套道具和展演實在太有力了，賣的卻是不值什麼錢的東西，賣筆人無用武之地，對客人不但不耐煩，還顯得有些鬱卒，說不說話都煙硝味十足。

原來還是一些老鉛筆，我一眼就看到小時候最常用的白色「利百代」小天使，鬈髮的粉紅色丘比特拉著藍色的弓箭。

我沒有被賣筆人的態度嚇跑，如願零買到兩枝鉛筆，一拿到手就湊近鼻子，小天使香水鉛筆早就不香了。

原載於二〇一三年六月三日《中國時報》人間副刊

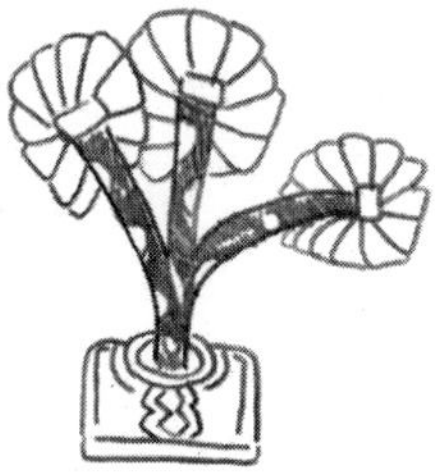

# 綠光札記

形容窗台盆栽之擁擠，我想到了「杯觥交錯」，但願尚有種嬉鬧的快活。某假日傍晚消逝的氛圍中不慎買了一盆不算小的植物，除了體型要不得，賞花植物更要不得，乖巧的小花小葉也不甚起眼，問出一個花名，壓根沒想記它，不是不好聽，而是不再覺得那有什麼重要，實在說不出個動心的理由，最後就只是賣花人用心打包盆栽的動作叫人感動，那花應該是他親手栽培的。

為求空位迎接新盆栽，將窗台上一個舊盆栽移至陽台圍牆下。這是盆火球花，每年春末夏初煙火般的花球謝了，它彷彿處於一種無人知曉的嚴重失落，而開始暴飲暴食，幾日不留意便冒生出數隻巨兔長耳，擺在窗外慣了，仍舊無人知曉，來到陽台，日光漫過圍牆，打亮翠綠而嶄新的葉片，炫耀油亮，令人驚嘆：「綠光！」

光線充足均勻的窗台，綠光也有，只是平平淡淡，倒是陰鬱的圍牆下，明暗對照強烈，初夏的陽光切進陽台，牆上的斜角像金字塔的線條，我聽見植物的心音，在牆腳下擺了磚塊、倒扣的破花盆，將它們墊高，以增加葉子曝光的機會。在此之前，曾有一次陽光穿透厚厚的虎皮蘭，在劍般的葉梢獻上一顆綠光的琉璃，這回規模大多了，原來葉大就是美，葉片上半部是燃燒的青瑩的，下半部仍沉在冰冷水箱，兩者無形地劃清界線，令人想起杜甫〈望岳〉裡的「陰陽割昏曉」。

比一塊榻榻米稍大的小陽台不及臂幅寬，靠紗門這邊照到晨光的地方，現在種了一株「煮飯花」，那是小時候鄉下最常見的一種開花植物，我們叫胭脂花，漏斗狀的紫紅或白花像蚊蠅嗡嗡浮溢在後門外，有些不登大雅之堂。我看雜誌報導，因它總在黃昏煮晚飯時盛開而得煮飯花名，怎麼就懷念起花香濃郁的炊煙傍晚。去年秋天某個假日午後去了一趟貓空，在一戶人去樓空的茶莊門口偷剝了幾顆煮飯花的黑種子，冬去春來將種子種到盆裡，很快即見它萌芽拔高，暴發戶似的擴成好大一叢綠葉，活生生把旁邊的植物給掩沒掉，每出陽台還真覺得礙腳。花午覺時間就開了，非白或紫紅，而是未曾見過的黃橘色，上面點綴一絲絲紫紅，雖然這也算是個小驚喜，但遲未修剪它的原因不在傍晚而是清早。清早即見它送上一大束綠光，在陽台上是看不見的，必須待在屋內，向著葉背，重疊的葉片，一塊碧瑩一塊濃綠，彷彿一支滿是補綴的青陽傘。

室內植物所遇到的問題就是光的問題，失去光澤、黯淡無光，接著便是凋零。許多失敗經驗僅得一句嗟嘆：「唯常春藤與鐵線蕨之難養也！」即使在屋內冒出野生鐵線蕨的山腳老房子也未曾養好過一盆鐵線蕨，或任何其他蕨類（腎蕨粗壯不算），所以對它們下的註解是「蕨非善類」，陰柔，難伺候。或許是對老房子的舊情綿綿，就是想要一盆幽魂似的蕨。

不寄望長久，隨性在曬衣間養成一盆蕾絲蕨，當然它本身一定是隨遇而安的好性子，初生羽毛般的葉絲柔軟繁複，直白說就是毛毛躁躁，不像鐵線蕨有種舒緩如扇子的秩序與韻律，秋冬時節澆一次水可耐個十多天，堪忽略，更得喜愛。忽略到一個程度，發覺它面無血色，趕緊拿到陽台澆水見光，只是照照一般強度的陽光，它愈呈現一種泛黃的蒼白，像是貧血昏迷，但不需擔心，待個一上午，再度回到屋內，它像吸足了綠色墨水，不一會薄嫩的葉又泛著綠光了。

原載於二〇一三年八月二十六日《自由時報》副刊

# 本事

一路以來我丟掉不少印刷品，但是一些影展冊子，我總留著，因為我喜歡讀本事。受限於篇幅濃縮於三五行文字的電影本事不見得說出個所以然，像隨手抓來紙筆草畫幾條路線的簡便地圖，對於指路人的表達能力和去路我們是半信半疑的，但這圖自然流露一種萍水相逢的簡單與玄機，不妨參考。

本事這東西通常包含兩個地名三個人名，五六句話表示性格、事件和關聯，層層斷章取義有時反而吊人胃口，甚至滿足人們對電影謎樣的想像。以前的我會小心地避免事先看見本事得知劇情，深怕壞了埋伏的橋段和驚喜，經驗告訴我，其實無所謂，本事說不盡，碰到好壞電影有時靠的是運氣。現在反倒喜歡事先瀏覽本事，先胡思亂想先入為主，結果不管是低估、高估或誤解，或者無聊的平平，都有一番真相揭曉的趣味與釋懷。

然而冊子裡大多數的電影你可能都無緣觀賞，無法得知它與它的本事、某人的輕描淡寫之間的差距，以及你自己的評價。不過，光憑本事擬想一個故事，我反而覺得擁有了這些故事，以及永遠的幻想。

這種坐井觀天猶自喜的本事，光就電影而言，或許是緣自鄉村生活簡陋的享受，那時我閒來無事也會學大人翻翻報紙，固定看的也是唯一與我稍有關聯的是報紙左下緣的戲院廣告，好像隨時準備去看場電影。當時尚未升格為市的馬公鎮上猶有四、五家戲院，排在最右邊，也是最知名的是「真善美戲院」，它是我們心目中繁華的象徵，父親偶爾帶我們進城去看電影，那真是件了不得的大事。我們看的全是娛樂片動作片，有一部美國片《三超人與七十二金鋼女》我還記得，有個男人揮著一雙鳥翅自山巔俯衝而下，洋片使我們以為洋人都很好色。而《十八銅人巷》，我直替那打銅人的人覺得好累，動作片最受不了的是片尾那場拖得又臭又長的關鍵性的打鬥，我只祈求快點分出勝負。對於片中的武功和古代半信半疑，看這些片總覺得不真實，我們在那麼個大黑屋裡尋求的本來就是一種不真實感。

排在最左邊的戲院叫做「中正堂」，這裡是阿兵哥放假休閒的地方，票價僅十幾二十塊，播放的片子多半是二三輪或者舊電影，女孩子去那邊看電影，萬綠叢中一點紅，好像有吸引阿兵哥注意之嫌，我們不大敢去。高中時我班上有個單名的外省女同學，她就住中正堂附近的眷村，她邀了好幾次，我終於特地乘車到馬公，在總站下車步行進入那條平坦寬闊的大馬路，從那像禮堂的中正堂前面走過，去她家看了那部會叫你掉眼淚的電影，那也是我人生中第一支錄影帶，《搭錯車》。但是那個明亮的星期天上午，我看得極不專心，也沒掉一滴眼淚，女同學的媽媽穿著裸露在屋裡走來走去，而她家裡還有兩個哥哥。我一直在想他們過的是什麼樣的生活。

除了地方上的《建國日報》，後來我更進一步開始看全國性的《青年戰士報》，報上的電影廣告不再只是時刻表，還會有簡短兩句宣傳詞，但放映的戲院不在馬公，有很多不可能在鄉下播放的影片。有一次我看到一部電影叫《熱與塵》，配上匪夷所思新詩一般的浪漫詞句，引起我極大的好奇，熱與塵到底該怎麼表現呢？那會是怎樣一個故事呢？

原載於二〇一三年十月二十四日《中國時報》人間副刊

# 輯二

# 竺肥菊瘦

天竺葵我不是那麼喜歡，卻住在我最愛的一個花盆裡。小時候我們有個舞文弄墨的老師，每年冬天同一件厚灰夾克穿到底，聽說他託人說媒而娶錯了老婆。這是很壞的比擬，但確實我將這兩件事聯想在一塊，即使還是小孩，我對他寄予同情，但我可是幸福的。

又一次失去高杯花，這花美若霧中森林，初次栽種即成功，不幸在八八水災淹沒，這次我信心滿滿卻無疾而終。暫時不想找回它，不是賭氣，等恢復平常心再說。不負好日好盆，夏日小步踮過花格尋找替代方案，心中隱約響起花商說過的，高杯花秋天還有一次。

但願花長久，我找感覺最好養的，即使姿態略為呆板，花色若紅蛋。天竺葵，一想到幽黯國度，吃苦耐勞，二想到胖壯無聊的天竺鼠，買回來才發覺含有怪異的刺鼻味。往昔種在曲折盆裡的小花草總是兩棵嫌空三棵過滿，而這方頭大耳天竺葵一株剛好。它已脫離膠袋襁褓，穿上一件土紅色的硬殼膠盆，活得好似乎是當然，相反的，活不成更是難辭其咎了。

桃紅花蝶聚攏成一枝枝花傘，起風時將它拖下陽台圍牆，有時沒注意，發現它花葉完好，健壯得可以頂住天上來的風，也就由它去了。一種朦朧的執著心態真要不得，我並沒有把它植入曲折盆，而是連塑膠盆一起暫放，曲折盆虛位以待，不特意的在物色心目中脫俗的開花小草，或者等待秋天的高杯。甚至某天可能只是心血來潮而把它種落盆底，不體貼溫柔，缺少一種愛的默禱的儀式，且不守花謝才換盆的原則，更過分是傲慢而偏執的想著，必要時再將它請上來也不太麻煩。

裂掌圓葉形色幾分像荷葉，向陽鋪疊，蔚為一個傾斜的棋盤，花朵在上面玩著九宮格的遊戲，三朵六朵九朵，直的橫的斜的，一批接著一批，夠分量，我在大樓對岸、馬路對面等紅綠燈時遙望，整棟樓就我家日日有花，嘴角不覺揚起。

無心插柳柳成蔭，是喜也是憂，每當靠近臥室側邊小紗窗悄悄看著它，總覺得它更茂盛更有勢力了，這是我種開花植物未有的經驗，遠超乎預期，彷彿知我圖謀不軌，著魔發功地怒放，不多久即盤據，溢乎其盆。這也才明白何以那麼喜歡曲折盆，因為它像個直立的牛皮紙袋，也像一部冒出花朵的書。

花卉博覽會在園子裡熱鬧，台北人則挨著一個最蕭瑟的秋冬，淒清到使人怨艾「天無三日晴」，非風即雨否則陰，縱有陽光只是簡短插播，歲末該有的三四枝蘭芽杳無信息。這期間陽台上獨天竺葵燦爛奔放，天空越蒼白花色越紅豔，即使花凋也不謝，可維持好一陣子，好像燒紅的火炭，冰冷陽台上的一盆「紅泥小火爐」。

這陣子花博已經「像一句美麗的口號揮不去」，天竺葵使我悟出當中的道理，花是博愛的，人對花也當如此。娶錯老婆而能接受事實，也因此懂了，況且他也可能是幸福的。

但說心滿意足並沒有，秋天以來盼望著一盆從來沒有喜歡過的菊花，那不是上墳拜拜專用的嗎？自己都覺得驚訝，套句時髦用語，那不是我的花！衣裳和花草是女人最好的鏡子，什麼時候開始你不討厭金色，從前嫌貴氣俗氣的花卉現在已不覺得了。無可否認這與心境有關，那麼孩子氣的對待天竺葵，又那麼老氣的想要一盆菊，但我不認為這是花博，無需啟示與教誨，自然而然！

去年深秋逛罷花市，行經盡頭一格不見主題的花攤，匆忙間瞥見一盆纖瘦小菊，突然有種久別重逢的感覺，對啊！這是菊花！這才是菊花！市面充斥那些豔染的菊花，營養過剩荷爾蒙過多，花朵齊高齊大齊向上，豐乳肥臀的，有些僵硬得跟塑膠花一樣。這種情形也發生在聖誕紅身上，兩種應景的節慶花卉，一個賣古怪植物的阿婆特別強調，這是老品種的聖誕紅！花葉嬌小稀疏，賣相不佳，好像菜農不小心把旁邊不肥不藥自家食用的蔬菜給拔了來。將它自花團錦簇中抽離，獨看它，文質彬彬，每枝每朵各有姿態。特別是菊，蒼莖柔勁，橫著竄伸，水似的往下爬又向上微勾，偏不對著鏡頭，花不在同一處開，各自表述，看起來孤怪，甚至有些病態。

重回花市盡頭，不見菊的蹤影，出口冷風依舊如鷹撲翅。向中央熱鬧處走，太快就發現了我所謂的菊花。用方型的豆沙色盆器盛裝著，為彰顯它原鄉人的自然樸拙，嫩綠芽草原封不動。背後有人在詢問價格。兩千四！回頭望見一盆合掌大的菊，莖條如傘骨四面八方伸展，花朵粉紅蘊黃，花商抑或是花農說了一個名字，我沒有記住，我只是在想，拿掉增添它價值感的仿古盆和刻意指引的均勻分布，應該會更迷人。不是他故意抬高價錢，不這樣怎叫人看重珍惜。我還懷疑環境的變遷，也許已不適於舊品種的生存，就像我問父親怎不再種些我們小時候吃的某種瓜果蔬菜，他說種了易死，也不好吃，今非昔比，有種種困難。

花市賞花如看籠中鳥，沒有鋪陳，難能鍾情。某天你鑽出某個又一模一樣的熱鬧老街，無思無想胡亂走，空蕩的道路，幽閉的房舍，不禁喃喃自問：怎麼都沒人？這有人住嗎？撲面的風塵有古老季節的氣味，眼前的景象使你記起遙遠的秋日，幾個小朋友半信半疑走向村裡陌生的角落去跟編織籐籃的老先生討字畫，他拿出一幅菊，小朋友互不相讓，不知道怎麼分，老先生允諾過幾天再來，一人一幅，眼前的誰也帶不走……。

老婦人看屋外有個人站著不動出來察看，秋陽乍亮，門前陌生客沒有別的意思，只是在觀看牆腳破瓦盆裡錦黃的小菊，老婦人臉上不明確的敵意轉為笑嘆：喔這！什麼時候開的花！也沒人在照顧。

那次過後便未再去尋訪心目中隱逸的小菊。都想好了，擺在紗門外不礙出入的第一個位置，早晨的太陽照得到，人在屋裡也看得到。

原載於二〇一一年五月十九日《中國時報》人間副刊

# 石蓮

他在我對面讀書，書上有張圖片，一叢朵朵串串的石蓮，非常好看，借過來一看，原來是兵馬俑，在坑道裡排好隊的兵馬俑，灰灰藍藍綠綠，厚厚的，好看的石蓮。

原載於二〇〇八年十一月《印刻文學生活誌》

# 賣花的男人

最近一次去買花，他正忙著插花，店門口還有個坐在輪椅上的老婦人請她的看護進來買一大束玫瑰。可能逢上初一十五，店裡店外被插滿花的橘色塑膠桶擠得水洩不通，他對我一再提醒不用包裝感到不耐，或者認為那樣赤裸手握花枝會傷了那花，一把抓起我從桶裡抽出來的幾枝桔梗，放到玻璃紙上，一邊打包一邊數落：「年輕人不要那麼囉嗦！」

他對客人向來是如此倚老賣老沒好氣的，可能這樣才符合菜市場呼呼喝喝的氣氛，與輕聲細語高雅作態的花店有所區別，他要我們最好認清這個現實。他偶爾也有心情愉快的時候，會和客人國台語夾雜說笑抬槓，不過那畢竟不多。有一回我們在花市巧遇，他看起來滿面春風的，跟我說他的徒弟開店，他過來「教他」。很自豪的，作為一個花師父。

開心只是曇花一現，沒什麼好開心的時候居多，且全寫在臉上、體態上。尤其是冬天，花的淡季，冰冷的蓓蕾硬是不開，誰也拿她沒辦法，店門也經常不開，門口地上立有一張紙板，上面寫著「今日出租」，指的是鐵門外屋簷下一小塊地盤。有陣子他固定租給一個年輕男人賣菇類等有機蔬菜，等人家客源穩定了，又不知哪礙到他，把人家趕跑了。

就算是門開了，一大早也只看到他坐在那裡睡覺。這成了一個景觀，整個市場也就只有他有這本事，開門睡覺。在長方形店面的三分之二處，兩張有靠背的塑膠椅相對，個兒不高，撐得住，一張坐靠，一張擱腳，頭戴毛線帽，兩手抱胸窩在裡頭，一樣高度的電視機在面前眨啊眨。路過的人看到一個老頭兒（他其實不老）橫陳在店內花叢間，十足殘冬晚景。倘若是與花桶一般高的小童望過去，看到的應該會是童話故事裡的畫面，一個人動也不動的躺在花堆裡。

只為買三兩枝小花，哪敢吵醒他。不知是身體不好脾氣才壞，或者脾氣帶壞了身體，不刻意留心也曉得這幾年他放過兩三次長假，戴毛線帽的日子變多，衣服也穿得不少，說起話來唧唧噥噥，隱含怨氣。不催不趕清清淡淡的生意，逢年過節尚可看見他應景地請兩個年輕女孩幫忙賣花，賞心悅目那當然是，一則可能不想多勞累身子，一則相信他是願意給別人工作機會的，因為每次我說不要玻璃紙塑膠袋，他總回以那在塑膠袋工廠上班的人怎麼辦。

他讓我想起多年前在我的辦公室附近，另一間菜市場花店，另一個賣花的男人。那時午飯後我常偕一個友好的女同事信步走到收攤中的市場，自然而然注意到還開著的花店。此女性經營的花店，市場性格不強，不只做菜籃族和善男信女的生意，店裡賣花的中年男子是來替老婆看店的，好讓她回家午休，看起來老老實實的人，只要我們看上什麼花，稍一嫌貴，他就會以合乎我們心意的價格賣給我們，好像只是希望我們把花帶回家。假如他常常這樣優待年輕小姐，心甘情願被占便宜，因而被精打細算的老婆責罵，似乎微有一點兒偷香的樂趣，花店成了他的捕蝶網。恰恰相反的是，他可能只是心疼老婆得看著賣不出去的花逐日凋零。

我比較的不是這兩個賣花的男人，而是年輕的小姐和中年女士與賣花的男人打交道的方式，或者說是賣花的男人對年輕的小姐和中年女士的差別待遇。現在的賣花的男人有時會把將開盡的花順便送給我，我毫無接受異性送花的顧慮，兩人皆是基於對遲暮花兒的憐惜罷了。現在的我也不敢保證當年買花時的自己沒有一點嬌縱的口氣。關於人與人與花與金錢與青春歲月可以生出太多太多的感嘆，但這些就一笑置之，重要的是他把花賣出去，我把花插上了，好像一種聖火傳遞的過程。

# 書籤

書籤是書的槳，看書要有張書籤才行，衣服吊牌、名片、明信片、票根、便條紙都可，隨手抓來當時身邊的紙箋，偶爾也會精心準備一張畢卡索的畫卡，服服貼貼的心腹，走到哪跟到哪駐守在哪。最最沒心意就用那書的讀者意見調查卡，或除之而後快的書腰。

有一次回家，在雜沓的餐桌上看見一幅印在報紙副刊的風景畫，當日已是畫展最後一日了，欣喜又悵然地把它撿回台北。抱著姑且一試的心理，打電話去查號台查畫廊的電話號碼，可惜查不到，於是想辦法依報上的地址尋到畫廊去，才知道畫廊的名字只有一個「黎」字，我照報上寫的給查號小姐報上「於黎畫廊」，難怪查不到。

那是個星期一，非常特別的經驗，我按了門鈴，他們為我打開展場的燈。如我所願，畫展剛剛結束畫還掛在牆上，室內飄浮著一種賞味到期的落寞，迎面第一幅小畫才真叫我一見鍾情。徘徊又徘徊，回到現實，抓了兩張卡片回家當書籤。

隔年收到畫家發表新作的訊息，第一次興致勃勃的跑去參加開幕酒會。我喜愛這回的作品更勝上回，不知是標價最低使然，還是怎麼的，最心動的仍是最小的一幅，畫的是有如在山上的彎道，迎面乍現的一叢小竹林。我看到留短髮的女畫家穿著紫色短袖毛衣黑長褲，站在那裡跟參觀者說話，我也想上前去說說話才算數，但採訪的雜誌記者來了。於是，又抓了好幾張卡片回家當書籤。

原載於二〇一三年五月《聯合文學》

# 幾盆有紀念性的植物

現在的住處，電梯門一開，迎面有盆假花擺在牆腳，各式各樣俗麗模仿的塑膠花插得滿滿的，百合蘭花玫瑰扶桑康乃馨，還有兩顆真實的乾燥唐棉，花盆底下甚至擱個水盤，花上面還停著一隻假蝴蝶，假蝴蝶彷彿真的會飛，後來不知飛哪去了。同樓層愛乾淨有禮貌的歐巴桑種的，大家很尊重，不曾稍有移動。假花也會枯會褪色，均蒙上一層灰白，就是不凋謝。我寧可這樣，而不是幾可亂真的假花。每日來去進出，看它在電梯門縫裡出現、消失，不知不覺對它產生一種老婦人般的依賴，看見它就代表到家了，沒有下錯樓層。我想我以後會懷念這個。

家中植物最悠久最高大要算這盆彩雲閣，從前的同事放假回新竹老家順手折了兩指節用衛生紙包來給我，現在已有兩公尺高了，肉質的軀幹也有木本的斑駁。

這使我很有成就感。盆上堆放的蟹殼是父親親手抓的螃蟹每年自海島快遞來，由深而淺的色階可排列出歷史順序，史前加史前，多刺對多刺，螃紅配蒼綠。

上回搬家請弟弟來幫忙，他一趟車專程從高雄趕來，就只幫我搬了張木桌下樓和這株龐然大物上車，我在門口無奈的看著他，他在巷口也無奈地對著包裹層層報紙的這一身刺，心底大概想著種這個做什麼？種這個做什麼？我也不知道。成就感相對的就是失落感，像這名字，束彩雲於高閣，最卓然有成的一株，也最讓人感嘆時光如逝。

另有一株沙漠玫瑰也是三朝元老了，謝結婚多久她就跟我來台北多久。高雄的姨丈從事建築，栽培植物很在行，看他種花我才知道種花可以用沙不用土，而且是蓋房子的黑沙。那天他園子裡粉紫的蘭花正盛開，我討了兩串花送給新娘，梳妝師巧妙的將花朵編織在她髮上，成了一段美麗的插曲。回程時姨丈給了這株沙漠玫瑰，我最對不起她了，不曾用心照顧她，後來搬到有院子的老房子還把她擺在潮濕的樹下苔階躲太陽。三毛說的是，「愛是一回事，了解是一回事。」我竟連沙漠和玫瑰兩詞的意思都不了解。十年來只微微結過一次花苞，未曾開花，還是到了現在這屋子站到窗台上始綻放笑顏，一抹桃紅的唇彩。故事還未完，過後她又開始惜花如金，我依然不太勉強自己去懂得她。

原載於二〇〇七年十一月一日《自由時報》副刊

# 抹布

現在人形容糊塗得離譜叫做很瞎，我有時就是又瞎又聾，有一種近乎野蠻人的態度，明明電視也看到廣播也聽到，卻不當它一回事。離家當晚颱風當真颳起來，又不夠灑脫，開始掛念客廳門開著，浴室廚房曬衣間的窗沒關好，更要緊的是陽台窗台的植物都沒收。風大到關閉機場，且轉向北部，就等著回家收拾殘局。沒想到損傷超乎想像的小，一串印有祝福的風鈴摔斷了四句話，算是傷得最重的。窗口的植物不歪不傾，我邊檢視邊要唱：「我不知道風是在哪一個方向吹！」開心的擦桌抹地，完工後將兩條抹布曬到陽台的圍牆上，看出去是長方形，兩個彩色的休止符。幾個小時後又用得到抹布時才發覺少了一條，什麼時候被若有似無的餘風吹跑了都不知道。

我踮起腳尖，兩手扶著圍牆，盡量伸長脖子向樓下探看，尋找失蹤的抹布。

剎那間忘記這次掉的抹布長什麼樣，又剎那間記起，是條格子方巾，當作抹布使用拿遠一點看才發現或說才想起絨毛上壓印著兩隻可愛的小熊。那麼是挺新的，上次更心疼，是一條旅行帶回來的白底綠花樣方巾。通常是淘汰的擦身毛巾抹地，洗臉的小方巾去幫忙擦桌椅檯面，唯有廚房抹布始終是抹布，全都是白色的棉紗布巾，越來越棉少紗多，不怎麼吸水，在街頭跟需要幫助的人買的，沒什麼好抱怨。

有時候為了接替生了翅膀的抹布，尚未磨出粗糙顆粒的小方巾提早下海當抹布，我因而也提早使用柔軟的新毛巾。曾經糊塗起來把已當成抹布的方巾拿來抹臉，只怪它還不夠陳舊到一看就是抹布，且當時不是擱在圍牆上。無論哪種用途，換新抹布那一天，重新開始，心情總會特別好。潔白乾淨的抹布討人喜歡，也因為舊髒的抹布終於讓位，它早像瘟疫在灶台上被趕來趕去了。在它除役前得再出一次重汙垢重灰塵的任務，例如走窗溝，搞到灰頭土臉然後直接投身垃圾桶，像飄去一朵烏雲。

不見剛遺失的抹布，脖子再伸長點倒是又看見從前掉落的那一塊，好一段時日了，風吹日曬雨打風吹，依然在樓下的圍牆上。本是條淺綠色的大浴巾，一顆顆毛巾粒子會扎人，一塊塊剪下來當抹布，這塊剪到了一條鮮綠彩帶在裡面。壞在稀稀疏疏，還是得用完整的抹布。正因為它沒有車邊，完全服貼，一個夏天幾個颱風都吹不動它。每次看到它，都覺得那條鮮綠彩帶像一彎微笑，它在笑，我逃家了！哈！繼續擦乾抹淨吧，你再也差遣不到我囉！

原載於二〇〇八年十一月《印刻文學生活誌》

# 取暖

有個俊美的男子旅遊世界表演水晶球滑行身體的拿手絕活，他也應邀上綜藝節目，主持人訪問他的時候，他說到了他的座右銘，「我認識的人越多我就越喜歡狗。」據他表示，這可是李敖說的，話聽起來是刻薄人的，但這年輕人看樣子是真心喜歡狗。

我沒有養過狗，也未曾交過狗朋友，只要想到咪咪喜歡我就夠了。難怪有人要往南部去取暖，去年夏天我認識咪咪的那一天上午，心情是很糟的，總是因人而起了煩惱。幸好高鐵空落落，四座無人，陽光貼著車窗，窗玻璃微溫微涼，行進平穩不覺得是在車上看書，看書可惜，大而明亮的窗戶，列車彷彿一座天空之城。第一次搭乘高鐵，印象好極了，更因為那天認識了咪咪。

咪咪見到我不但沒吠我還直搖尾巴，據說這是極大的恩寵，牠對住在樓下的親戚、常來串門子的婆婆甚至是小朋友都不放過，電鈴一響就開始狂吠。不一會訪客上門，果真如此。也許我們臭性相投，牠在我身邊跟前跟後，還把牠的玩具咬來給我，要我丟給牠撿。我好得意，牠唯獨對我特別友善。

還有一隻狗叫喜喜，姊姊結婚多久牠就多大年紀。奇怪我們在鄉下養過家禽家畜，卻都遠離狗，為了克服這種恐懼的心理，姊夫買來喜喜，自然姊姊被訓練得不怕狗，且可以過著和狗一起吃喝拉撒的公寓生活。現在喜喜已經老到幾乎全盲，走路時常撞人撞牆。

而咪咪是隻土狗，曾被棄養，後來找到一個人，跟著他做點小生意，姊夫愛唱歌常去那裡唱投幣式卡拉ＯＫ，牠嗅到他身上狗的氣味，對他比對主人熱情，主人開玩笑說，那跟他回去好了！牠就真的跟他回去了。做了姊姊家的狗之後，偶爾和新主人去唱歌，舊主子不免揶揄牠幾句，牠也會耍脾氣，好幾百公尺遠，獨自跑回家。

那晚臨睡前我打開門，發現白毛毛的，咪咪面向我的房門臥著，兩眼炯亮，搖搖尾巴。喜喜則趴在主臥室門口，牠的毛巾被上。

原載於二〇〇八年十一月《印刻文學生活誌》

# 貓居

和我一起出現在雜誌上的那隻貓不是我養的貓，古厝也不是我家的古厝，那可是二級古蹟澎湖二崁的陳宅古厝。這些年未再探訪，不知道景況如何。當時有文化工作者在二崁小村推行一項古蹟計畫，希望跟村民約定好，大家都別拆古厝別蓋水泥新屋，讓那裡成為保存文化聚落的典範。好個艱鉅的任務，不知道成效如何。

開放參觀的古厝，當時有對老夫妻住在裡面，生活本身就是一種承擔一種滋養，難怪屋況良好，並未作古。觀光客參訪古厝同時追憶消逝的生活，不像是刻意掩飾，他們日常起居清悠，所需極簡，毫無破壞老情調的新穎物品。衣帽鞋襪，鍋碗瓢盆，桌罩，乃至罩底的菜餚，全是由來已久的色澤。我也一身家居草

黃花紋，跟屋子搭調。石板地苔斑牆，屋靜自然涼，來了你會好喜歡。

老人家走避訪客，從台灣回來放暑假的小孫女和貓則不大受影響。四、五歲的孩子，新鍍的一身古銅襯大花洋裝，拿著東西坐在門檻吃，邊和看起來怪怪的陌生客閒聊。牠則酷酷的不把人放眼底。除了端著主人架子側坐直視鏡頭的黑白貓，另外一張照片，還有隻虎紋花貓。我認識的貓不多，觀察不夠入微，覺得大多數的野貓乃至從前我們家那隻貓，都是長這模樣。有個朋友看見照片說怎麼那麼巧兩隻都是「白腳蹄」，據說不吉祥。兩隻一個頭東一個頭西，腳長尾長不偏不倚橫陳在門檻和台階上，擺明了是不歡迎人。吃飽沒事閉目養神，閉得有點用力，皺眉思索或者忍耐著什麼，又像是留著一縫眼線瞄人，提防雅客看上厝內古物，出價不得，乾脆順手牽羊，看你心不心虛。

影子又黑又窄縮在屋邊，外頭門埕陽光明豔，像一海亮白的沙灘，我們躲在沁涼的屋裡不走，赤腳席地消磨了一個正午，賴著賞貓。

從前澎湖家有過一隻貓，已記不得牠是怎麼來的，最一般的花貓，天生海島本色，捲成一團跟澎湖的硓砧好像，當然滄桑的硓砧沒那麼斑斕漂亮。單身時期可能很短，來不及取名，鄉下人也不興此道，也反正牠是唯一，只見牠一直生養，就叫「貓母」。好偉大，所有小貓之母，舉凡小貓全都是牠生的「貓仔兒」。來來往往那麼些貓，只認牠是家中一分子，雖然後頭跟著有一長串。牠飽了，全飽了；牠要是鬧起饑荒可不得了，會起來革命的。大人殺魚都敢偷，何況蹲在水龍頭下練習殺魚的小孩子，看孩子手拿菜刀追出屋外就知道怎麼回事，甚至沒分寸到眾目睽睽吃飯時餐桌上的煎魚牠也敢拖著跑。又野又凶啊！如果你在牠產後帶狗上門，又不聽警告快閃，牠鐵定母老虎發威將那比牠碩大數倍的狗欺得落荒而逃，這時父親總露出得意的笑，一掃養貓為患的晦氣。牠最溫順放逸的時候，就是欲仙欲死獨自在門口曬太陽的時候。

戀貓的朋友和貓孤獨以伴同床共枕，偶爾我會羨慕有貓萬事足的模樣，但是很難改變在鄉下養成的習慣，最好是同個屋簷下各過各的，不必馴服依賴彼此，進場退場都是悄悄的，這也要有個四合院三合院才行。有次回家突然想起貓母咧，母親說牠走了，快走之前走路慢慢的，東西吃不太下，看了很不捨，她和鄰家婦人把牠抱上磅秤去秤一秤。貓老，人也老了，難得她們有閒情坐下來秤貓話貓，在一個無事的午後。

這兩年澎湖家來了許多的貓，盛況空前，比小時候還有過之。實施垃圾不落地後，附近野貓賴以生存的垃圾子車不見了，正當牠們失去最後一塊樂土，失業的弟弟回來了，這裡熟悉的老人家之淡漠防備牠們是知道的，仰望陌生臉孔的年輕人竟能混到口飯吃，當然是前仆後繼朝他投奔。家門進不了，全待在門口庭院，等候門開一碟魚骨剩菜推出來，幸運的話年輕人還會搜刮桌上的食物為牠們加菜。特別是夜晚，只要門一開就喵嗚喵嗚向人腳邊擁來，著實有種打家劫舍的恐慌，讓人招架不住，難怪阿嬤要說連褲管都要給嚼去。母親不排斥也不鼓勵，留著廚餘要弟弟負責餵食，牠們更一心一意認定他。他也樂於當個牧貓人，享受這僅有的成就感歸屬感。垃圾子車在車站附近，弟弟說牠們鑽進裡面拾荒尋寶，聽見巨大的車聲便驚慌逃竄，有時因而喪生在車輪下。流浪貓皆有所養，我蹲在屋簷下看牠們吃飯，牠們開心我也開心，對於受貓愛戴的人又是羨慕，卻也知道自己缺乏赤子之心。想以前我在租賃的老房子，對野貓的態度就是敬鬼神而遠之，何以差別這麼大，因為這兒是家，那裡不是，這兒不乏食物給予，那裡沒有。

貓最多的時候有近三十隻，入睡前自陽台往下看，一座座柔脊小島暗伏在庭院周邊。拋下這麼多錨，好像有什麼大風大浪要來，但是我的心情是非常寧靜的。

原載於二〇〇九年五月《印刻生活文學誌》

# 春天在母親樓上

老婦人獨居在山腳，陽春的一扇木門開向市區的大路，山梯挨著屋身築，登山客的腳步經常踩著她的肩廓爬上爬下。對岸的紅燈亮了，下山的人三兩個，有時一大票駐足，橫列在她屋前等綠燈，我乘機偷瞄掛在她昏暗的背後老傳統的撕紙日曆和時鐘，彷彿在趕時間。陌生的女人突然拉我一把，叫我別往人家內褲底下站，要倒楣的。一件古舊的肉色方形大內褲高懸在屋簷下，我幾乎笑出來，心裡想，還忌諱這個。早上八點多鐘老婦人坐在椅子上剝豆子，微打盹，身上穿著足夠禦寒的衣物，還有襪子，以防著涼。

上山的人不會逗留，一層樓高的階梯左轉，繞道她屋子後面，冬末春初，這裡開啟了一扇塵封的門，叫人不禁多看兩眼。窄窄的只是扇房門，人家說的走後門就是這麼可愛。六面皆空的屋，工人在裡面做工，天花板、地板、牆壁都刨掉，凹凸不平的灰色水泥工房。看見的人會不會都跟我一樣好想準備一份房租，自個兒住下來。屋子臨大路都是窗，我從對岸來便不住的張望窗口外邊窄窄一排好像沒有土沒有人照料卻開得挺好的杜鵑。夜以繼日潮浪般的機械車聲應該能忍受，加上音聲環繞的山之跫音，或許會有負負得正的效果。

而後他們鋪了我也會喜歡的木板地。不久又做了古銅雕花門和矮櫃，小天地，挺溫馨的。接著就有一隻隻抽屜的壁櫃，喔！我皺起眉頭，矮櫃上壁櫃前逃不掉要進駐一個所謂世界的窗口。不盼望了，已經太擁擠了。

某天快步走過，感覺來了一個黑壓壓的東西，鋼琴?!眼熟的是琴上相伴的那座白色石膏頭像，它彷彿還不習慣明亮，苦閉著眼睛。這些都是從樓下母親屋洞裡搬上來的，原來那是他們的母親。

原載於二〇〇八年十一月號《印刻文學生活誌》

# 阿清嫂與年夜飯

不多遠，大概是前年過年，表姊弟們來拜年，大家圍著看電視，歡喜的哄堂大笑，每稍止住了，只要有人又說「七菜一湯」，笑彈又爆了開來。真有那麼好笑嗎？過來一看，原來是搞笑的香港賀歲片，有張國榮，吳君如飾演他們一家子的大嫂，每天在家煮著七菜一湯，直到發覺老公外遇，便離家出走去當歌女。是去年過年，茶餘飯後幾個人圍著廚房圓桌，有現代女性問了正在剝豆的大嫂一個嚴肅的問題，每天做這些事不累嗎？有沒有想過自己想要什麼？一時間連我都尷尬，不知說什麼好。

大嫂，人家叫她阿清，台灣的阿卿嫂紅了，有人也戲稱她做阿清嫂。在馬來西亞天很高皇帝很遠，婦女尤其少談政治，大嫂唯一提及的國家大事竟然是三一九槍擊案，很關心似的守著電視追發展。平日大家像這樣嘻嘻笑笑，但是當她站在水槽前一雙眼睛自半開半閉的玻璃橫條間望出來，那一眼可叫我們這些飯來張口的人都不安。

今年夏天公務人員般的廚娘大嫂離開了煮二十幾年飯的廚房，想吃飯的人開始得自力救濟，就好像往年大年初二大嫂回娘家後，我們開始得湊合著打點吃的。臭皮匠們弄出來總是蒸魚煎蛋無滋無味的炒青菜，如果仔細觀察，有人是大嫂走後幾乎不來吃飯的。難怪只是得知大嫂有遠遊，十四五歲的姪女要仰著臉音高八度問：「阿姆，你不在，那我們怎麼辦？」大嫂做菜好吃，隨便炒個菜心，冷掉也好吃。有時在外面他們介紹個我沒嚐過的東西，末了定要加句「大嫂煮的比較好吃」，那還期待啥？果真這些年未曾在外面吃過什麼特別留戀的食物，有時想念拉薩、椰漿飯也提不起興致一試。

大嫂把大家都寵壞了，二十多個人要來吃的年夜飯，有吃葷的有吃齋的，午飯的餐具尚未乾就要動工了，否則她超會緊張，頻頻張望牆上的時鐘，偏又不是只有廚房要忙，有時慌到得吃降血壓的藥。一日三餐煮煮煮，激發也耗損了她對烹調的興趣，力求每年有新鮮味，事先做好功課，收集年夜飯食譜，奢侈地挪空去上一次烹飪班，不起眼的一張菜單貼在廚櫃上，屋外有阿嫂探頭問，煮什麼好料啊？唉呀！不會煮，隨便吃啦！她打發說。

不會煮，打雜總會。自知濫竽充數，可以跟她緊鑼密鼓張羅盛宴，我們也樂在其中。備平日餐飯，大嫂還能品評人生跟我咬耳朵，此刻則毫無心情。大嫂講究，連她授權的切蔥剁蒜，我都戰戰兢兢。做最多的就是洗菜洗碗，大嫂愛乾淨，站在她身邊可有你洗不完的鍋碗瓢盆。

七菜八菜都不細數了，最愛的就是那一湯，豬肚湯。向來畏懼內臟，卻被它深深吸引。大嫂搓洗的豬肚保證清潔，搥打過的大顆粒胡椒塞在豬肚裡頭，和整隻甘榜雞——我們說的土雞一起下去煲整個下午，也可以加點干貝，最後再放魚丸、香菜，這麼熱呼呼的好湯，據說是女人坐月子吃的。從來不知道自己這麼愛胡椒、這麼愛吃辣，好像在尋味著幾天前還巴不得丟開的冷冬的感覺，這湯當天就要吃三回。先是大嫂賞我們幫忙一下午開飯前許偷喝半碗，喝的時候提防著穿梭來去的閒人，裝作只是試味道，窩心極了。到了全員到齊吃將起來時，知道大嫂控制好分量，還是擔心被舀光，顧不得一桌豐盛，只急於添碗湯到屋外邊乘涼邊喝。人散後，廚房刷洗清空，洗完澡守歲前要再下樓把剩湯熱過，雞骨和胡椒渣裡瀝出一碗靜靜喝著，為團圓而忍受的煩雜勞憂暫時都忘掉了。

大嫂因常切切剁剁，去年右手臂傷痛，常跑針灸，年夜飯只負責四菜一湯，代打的是餐館訂來的兩個盆菜。所謂盆菜，竟是將所有能想到的好料，雞鴨魚肉海參大蝦，層層鋪疊匯成一鍋，陳腐而糟蹋。幸好還有四菜一湯。那盆菜我真無食欲，沒動一下，也不想看；雖然蓋著蓋子，隔天引來好多大蒼蠅，已然感覺到美味的日子行將走遠。

今年的年夜飯，巴望大嫂能回來，只要有炒什錦青菜和豬肚湯，就是最好的新年禮物了。

原載於二〇〇九年一月《印刻文學生活誌》

# 花生糖

愛麗斯在我的國中母校任教，於我是件美事，每逢過年前夕校工陳先生總會送給愛麗斯一些自製的花生糖，她照舊借花獻佛，寄一點來給我。多麼珍貴的禮物，用道地澎湖花生做的花生糖，這是僅存於記憶中的絕版品了。

眾多家鄉物產中，對我而言最情感深厚的莫過花生。此豆最相思！孕育在土底七個月，春天周旋到冬天，搞得人灰頭土臉，好煩的一顆豆，發不完的牢騷，夠我寫一部長篇小說。有位教授兼書評家來信給編輯，說那書整天土豆土豆，害得她忍不住也去買土豆來吃。

花生這東西是無論什麼時候都耐吃的，任何地方的人都會說自己的花生最好吃，不強調澎湖花生之好吃，現在它珍貴的程度甚至勝過保育禁捕的澎湖特有種章魚，章魚是可遇不可求的，而花生是農民辛辛苦苦向天上地上求來的。收成花生著實累人，在我所接觸的農事裡，它最給人苦頭吃。小時候我看哪家人好命與否，光是打聽他們種的花生多寡就明白了。從前全副武裝在赤地上翻掘土豆對抗風沙的泥娃娃們老早打破土殼鳥獸散了，從前以區作為花生田的單位，現在只以行計，精神可嘉的幾個阿公阿嬤不放手的多少種一點，朝思暮想有個寄託，運動運動老土老骨頭。秋冬時節打電話回去，一定得聽阿嬤報告收成花生的進度，生活和身體近況盡在叨絮中。

別說煮花生糖，自己炒花生都難得了，大多是送到工廠請人代工。初次聽說代工炒花生這回事有種不可思議的感覺，怎麼這些人變懶變奢了，好像他們理當一直在那裡做著那些事，家家往工廠裡送味道不都一樣了。

煮花生糖的記憶遠在小學三四年級以前，住三合院的時候。水煮花生、花生滾豬腳、沙炒帶殼花生、沙炒花生米、八角蒜頭煮了風乾再炒的花生米，隨著農忙程度遞減而變化複雜的花生加工，逐步將人帶向短暫的安逸。到了煮花生糖這一步差不多已經年底，多半也是為像我現在一樣的「台客」過年要回來而做的，有個小孩不平問為什麼總得討好他們的嘴，阿嬤告訴他，因為人家有金牙齒啊。這最後一招也是最花俏的花生戲法，好像尋常冷清的日子裡放上一串鞭炮，呼應年初踢土豆落土的熱鬧景象。如果阿嬤早告訴我們兩三天，我們就多高興兩三天，但不能多，再多她可會被煩死，事情都是這樣的，不知道不吵，知道就吵。

這項手藝不是人人都會，我媽就不會，也因為費事，經常幾個家庭聯手合作。和炊年糕一樣神聖，他們迷信孕婦和服喪者不得靠近，否則花生糖會散掉，凝聚不起來。臨到這天，孩子們踮著腳伸長脖子在灶邊徘徊，像老鷹在空中巡視，又可以恬淡無事猶如小雀鳥在門外玩著等，逢人經過就告訴人家，我家在煮土豆糖仔。

一切都篤定了，油潤的花生已投入麥芽糖黏稠的懷抱，紅糖滋潤美豔的爐火加溫，大鼎裡難分難捨糾結在一塊。莫忘加點橘皮碎末，畫龍點睛。唯獨這回在花生裡添加糖，有苦盡甘來的意思，為整年農忙卻依然貧乏的生活製作一種華麗的零食。家裡別的沒有就只有看膩吃膩礙手礙腳的花生一袋袋，孩子們看待花生糖的心情幾近煮石成金。阿嬤悄悄拿根筷子從鼎中劃過再插入冷水裡，等著試吃沾黏在筷頭的一小點麥芽，假使變脆變硬，表示可以起鍋了。這時候孩子們全圍過來搶著那根筷子，不一會人手一筷。我聯想到煮柏油鋪柏油路。在一張長桌上釘好木版格子，北風飛揚攪局的情況下輕撒麵粉打底，趁那一大坨熱鍋上到格子裡的黏稠物尚未冷卻成結晶石趕緊擀平，成一條金黃的小路。只知道用磚鋪路，卻沒聽過路也能切成小磚塊，讓人拿在手裡。

這一版花生糖煮好，輾輾轉轉、境內境外、相識的不相干的都分到了，揣在小袋裡慢慢嗑。有人邊嚼邊嫌甜嫌硬嫌黏牙，來年此時依舊寄望獲贈一點，沒有的話還要犯嘀咕。那獨居於幽暗土屋行動不便的老嫗透過小窗誘拐孩子，說有糖仔要給吃，孩子們衝進來，屋底黑黑臭臭，沒有任何含色素的東西，瞥見老嫗手邊皺著臉的土豆糖仔，瞬間跑光了。老嫗挪動著頹禿的牙床碾那頑固的東西喃喃嘲勉玩味：老雖老，還會嚼土豆。

說到送花生糖的陳先生，我認識得比愛麗斯還久，我國中時候他就在學校服務了，跟我們一般個頭，平頭戴眼鏡，冬天夾克，夏天短袖襯衫，校園中既像老師又像學生，歷經多少羊和牧羊人，唯有他，一直待在那兒。某年暑假我們跟著愛麗斯到學校值日，我看見他在教室裡，不變的形象，永遠認真專注的神情。他說女兒考了五家研究所錄取了三家，全是台大清大等名校，又是生物科技之類的熱門系所。莫名其妙我也與有榮焉個什麼勁兒。鄉下孩子鄉下老爸的驕傲，理所當

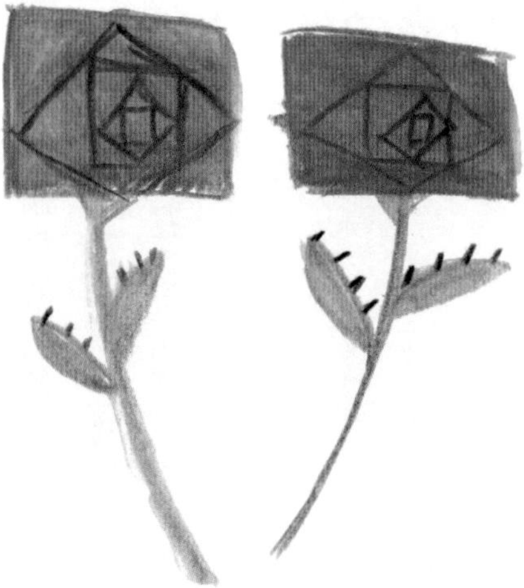

然，無一絲世儈的感覺。猜是「陳皮梅」，當年我在辦公室聽見俏皮的英文女老師給陳先生的女兒取的綽號。

又一次，我們來到空蕩蕩的暑期校園，不知情的振動到教室門窗，愛麗斯說慘了，等一下陳先生就來了。據說裝了保全，稍有風吹草動，住在馬路對面寂靜小村的陳先生就會立刻趕來。果然如此。別來無恙，大概經常這樣運動，陳先生老得特別慢，依舊是厚厚實實很穩當的模樣。

過年前照例先接到愛麗斯電話通知，花生糖來了！才開心得笑張了嘴，馬上愛麗斯轉述了陳先生的話，這是最後一次了。不僅是不做糖了，媽媽老了，明年不種花生了。我又是那麼一驚，簡直要嚷怎麼可以！暗暗祈求老人家嘴巴念念，過了年春雨一下便要改變心意。而心底也是明白的，她比任何人都更不願意下這個決定。

原載於二〇一〇年九月二十一日《中國時報》人間副刊

# 畫牆與燈

夏天我和金莎在海邊看一個年輕人畫牆，他從村裡畫到了海邊，金莎見過，我遇到時畫的已是最後一幅了。近中午，他眼瞇瞇，言談中流露著對工作的滿意和依依不捨。

有一陣子，各村相繼出現新圍牆，其他分支叉路不說，至少村裡的大路要築出兩道粉白光鮮的牆，看起來才漂亮稱頭，不要那又黑又臭坑坑疤疤的硓砧石牆。建設不落人後的村長叫村幹事趕快寫份公文好爭取建設，年輕浪漫的村幹事是浪跡天涯歸來的遊子，懂得愛惜古老的牆，他拖著不肯照辦，村長氣得跳腳，說他看不起他不識字。鄉下人的做法就是告狀，晚飯後，洗個澡，專程走一趟，向他的長輩，有影響力的未來的岳父母告狀去。有些鄉下人意志堅若頑石，又一心嚮往新時代，牆終歸要傾，至少不願傾在自己的筆下，村幹事自動請調，離開了村莊。類似的故事應該到處都有。

牆築成了，好長的卷軸，夠畫幾幅清明上河圖。年輕人平日是油漆工，懂得畫畫，難得有機會展露才藝，畫完這些牆，又得回去平淡無聊的粉屋塗牆的工作。他雖亟思慢工細活，像我們看到的這樣，將蒼白平板變為多彩多姿，但預計的幾個工作天無法讓他盤起腿來一筆一筆慢慢畫妝，有些地方還是給寫上了標語畫上了卡通。所幸我家門前不是，而是一幅優美的風景，你向田野海岸走去遠遠望見的天空和幾樹龍舌蘭。畫牆的人事先從報章上收集風景照片，照著畫上去。從前有人說這種植物叫做瓊麻，後來又聽說是龍舌蘭，那樹綠竿子是花，不是枝幹。其實在我心裡這些都不是它真正的名字，自從聽到〈橄欖樹〉那一天起，我就一直把它當作是橄欖樹，千萬別多望，望著會叫人直往前走，天涯海角非要去流浪。

那天在他背後觀看許久，但畫的是什麼，已不記得。金莎這聰明的傢伙，竟然拿了一張她跟孩子在海邊遊玩的照片請他畫在她家門口。我說，幸虧鄉下的阿公阿嬤不知情不計較，否則自家門前要畫什麼自家決定，恐怕圍牆大亂，畫家也不能這麼樂在其中了。

另一項發現是馬路對面新換的路燈，鄉下生活寂靜入夜後沉默的馬路和路燈，我形容像空蕩的床和落寞的床頭燈，新換的路燈亮白恍似舞台上打的燈光，啪地朝家這邊照耀，令人傻眼又心慌，眼睛畫圈圈，甚至好像金鑼似的嗡嗡作響。想以前入夜後站在樓上露台面對黑幽幽的景象，浪潮在不遠處迴盪，無聲未必勝有聲，潮聲如詩句音符般源源湧來，自然有隻美妙小舫自心底浮起。此時無燈勝有燈倒是真的。這巨光燈又好似夜間拍照打的閃光燈，人是要聚精會神的等著被捕捉，如此一來，人黯然，天上的星眼黯淡，會不會也是因此院子上的野貓也少了一半。

有天晚上聽阿嬤說有了這燈真好，連她近盲的眼睛都感覺得到亮晃晃的，現在睡覺都不怕了。她怕什麼？妖魔鬼怪抑或是小偷，或者僅是一種存在為人特別是女人的擔心。怎能再怪怨那燈呢，你不喜歡的，有別人很喜歡啊。就這樣，我可以釋懷，接受變得那麼繽紛明亮的所在。或者其實我用最笨的方式在等待一盞路燈熄滅。

原載於二〇〇九年九月《印刻文學生活誌》

# 十八個月亮

我在路口等紅燈的時候看見十八個月亮。

掛在汽車保養廠門外一塊紅布條，上面寫著「十八個月亮度保證」。

原載於二〇〇九年十二月《印刻文學生活誌》

# 兒歌

某個假日早晨醒來我突然哼出一首兒歌，問室友聽過沒。自記憶匣裡音譯出來的歌詞零零落落，但曲調絕對錯不了。可惜她不知道這首歌。記得是這樣唱的：

青天高，燕樹新，？？？？？？？拍歌（白鴿？）一直憶汗青，
飛來飛去不分離，好像我哥哥弟弟，相親相愛手相攜！

既歡欣，又磨人，前後左右都是小朋友七嘴八舌在合唱；他們用力嘶吼，卻又唱得斷斷續續拖拖拉拉。老師也許教詞，也許沒教，就算有，托兒所的孩子尚未識字，只是跟著人唱亦唱喃喃上口。問一個一起長大且愛唱歌的同學，說

不記得，壓根沒印象。我只是想知道歌詞到底對不對，像那首〈掀起了你的蓋頭來〉，我就把「好像那蘋果到秋天」唱成「好像那蘋果打鞦韆」。長大後某天看見歌本才恍然大悟，覺得既可愛又悵惘的，為什麼這麼笨，從來沒有懷疑，有人會拿蘋果去打鞦韆嗎，還用它來形容一張臉。

現在的兒歌多半是流行歌曲，詞曲簡單民謠般的老式兒歌越來越少人傳唱了，更別說我這首不知名且不出名的兒歌。有一回，僅此一回，無意中聽見這首歌，非常不可思議，好戲劇性。那天我們去拜訪一個嫁在萬華的同學，順道逛逛萬華，同學指著馬路對面叫我們看，那就是著名的紅燈區。暮藹低垂，華燈初上，只是幾間屋簷吊有小紅燈籠的矮房，像是與世無爭的鄉下房子。還不想走，總不能這樣站住直直看，身邊剛好有一群小朋友乘坐的玩具馬車，沒人光顧呆若木雞，拿出一個十元硬幣投進其中一隻，活動起來唱出來竟然就是「晴天高，遠樹新，？？？？？？？……」一邊是紅塵，一邊是赤子，怪異極了的對照。男女童爭鳴，像從擴音器裡傳來，歌詞亦是含糊不清，但曲調絕對錯不了。想再聽一遍，再投一枚硬幣，它即被後來的歌推著往前跑，反而離我更遠了。再多投幾枚，它一定會繞回來，只是不知道那圈有多大。

我寫過一篇小說，寫村子裡的托兒所終於因為人數過少而遭到裁撤，再沒有孩子聚集在那裡唱歌了，伴著出自老音箱的風琴聲。我想總有人和我一樣，對這件事感到悵然若有所失。無論我上了小學、國中、高中，甚至後來生活在他鄉，我再度回到這個屋子裡，不管當時正在勞煩些什麼，在上午平淡得有時令人無奈的時光，聽見出自嗷嗷待哺之口沒有太多心思和情緒的純真歌曲，簡直似仙樂飄飄，我總會像隻小鹿般豎起耳朵，把臉仰高，以為那就是無憂無慮。

對於一個一輩子都住在同一個地方的獨居老人，失落必定更甚於我。他清晨四、五點即起床，忙柴米油鹽醬醋茶，困乏了想小歇片刻，他們開始在那裡歡聲雷動無邊無界地唱遊，力氣可大了，剛吃過點心小餅乾，和某個被老師欽點的小天使在水桶裡打出來的牛奶。

小小兵，小小兵，我是小小兵！
年紀小，膽量大，常常練兵操！
有敵人來看我，像他還想跑！
乒乒乒，碰碰碰，向前跑！向前跑，

敵人不放鬆！答答答，滴滴答，答答滴答答！

波搖雲湧，被鳥兒銜起魚兒推動的搖籃，驚險中格外安逸。等他睡了醒，又起來解決一餐，準備睡個真正的午覺，他們要放學了，一群用嘴巴走路的毛毛蟲緩緩蠕過他的窗口。得花好一段時間才能習慣沒有孩子喧譁的寂靜。

村子裡還有一群小朋友在唱歌，位於村頭的小學，歌聲太偏遠，只有獨樂樂。現在他們大概不用風琴伴奏了，學校應該不只一部輪流使用的風琴吧。天主教創辦的托兒所，那部黑色的風琴是傳福音的聖壇；上了小學，風琴成了移動的城堡，它停在哪，哪就是王國。

音樂課前的下課鈴響，輪到搬琴的那排小朋友就要趕往辦公室或上一個落腳的教室把琴恭請過來。沒有長腳的風琴整個坐在地上，要把它劃到手上可得要有點技術，小螞蟻搬東西，個個訓練有素，十爪當肉墊子往地上鑽出縫隙，把它捧在掌心裡。現在看到街上那些所謂的專業搬鋼琴的廣告，總會心一笑。小手一雙接一雙圍繞著長方形的箱底，把它抬得高過於頂。肩並肩，腳連腳，螃蟹走路，眼前是一堵黑牆，只能靠頭前的人導航，小碎步挪向教室，誰要是沒抬好走好，可要挨所有人罵。這時走廊上的小朋友沒人敢跑，都自動退避，不得擋路。這件樂器珍貴的程度，簡直就像海底打撈上來的珠寶箱。

搬進教室，趁老師還沒來，總有人冒著被同學打小報告的危險，偷偷伸指進去搔它癢聽它笑幾聲。記得有回教導來代課，嚴肅認真不苟言笑的他坐到風琴後面，煞有其事的彈起琴來，一群土孩子從未看過男人彈琴，其實以前的小學老師最基本的技藝就是要學會彈琴伴奏，我們忍到不能再忍，全部一起笑了出來，他完全莫名其妙，幸好也沒生氣，我們唱：

青天高高白雲飄飄，
太陽當空在微笑，
枝頭小鳥吱吱在叫，
魚兒水面任跳躍……

那風琴聲破舊沙啞，蓬蓬鬆鬆的，並不悅耳，好像不停的抽氣放掉，抽氣放掉，換氣聲也很大，樸拙而又迷離的聲音，像個只哼不唱的老水手。舊時家裡大灶的風櫃抽了風送進去，可以燃燒生火，教室裡的這個風櫃，能讓孩子們唱得虎虎生風。

打從前就是一個年級一個班，我們班上還有二十一名同學，現在學生人數少到每班只剩下個位數，都說為免浪費教育資源，合併鄉裡的小學勢在必行，怕到時候村頭到村尾，將聽不見孩子們一起唱歌了。

原載於二〇〇九年七月《印刻文學生活誌》

後記：好心的編輯小姐幫忙把歌詞找出來，附錄於後，搏君一笑。

〈雁群〉

青天高，遠樹稀，西風起，雁群飛，
排成一字一行齊，飛來飛去不分離，好像我姊姊弟弟，
相親相愛手相攜！

〈小小兵〉

小小兵，小小兵，我是小小兵！
年紀小，膽量好，常常練兵操！
有敵人來犯我，向他開槍炮！
乒乒乒，乓乓乓，
乒乒乒，乓乓乓，
向前衝！向前衝，
敵人不放鬆！答答答，滴滴答，答答滴答答！

# 找牙醫

最初的牙醫常常是經人介紹的。父親有個朋友住馬公，他的哥哥據說是個牙醫。我上排右邊「第一小臼齒」蛀了，忘了怎麼蛀法，大概不嚴重，能等，一直等到大學聯考完畢，隔天即請一個馬公的女同學陪我去找這名牙醫。誰曉得是個庸醫。後來台北的張醫師告訴我一個最簡單的道理，有牙總比沒牙好，真牙永遠比假牙好，我才懂得生氣。可惡，他是那種動不動就要拔人家牙齒的最差勁的牙醫。大概因為熬夜讀書睡眠不足，牙拔到一半我就暈了，嚇得他趕緊停手。

初到台北求學，澎湖的學姊給我介紹一位張姓的女牙醫，為了看牙，好像什麼多要緊的事，跟同學打探好幾次，千里迢迢從新莊坐公車去到了南京東路。真正蛀個大洞的是下排左邊的「大臼齒」，從家鄉一路蛀來，以為沒救了，非拔不可，根管治療抽神經，在後面不大看到，做了一隻便宜耐用的銀色牙套，大鋼牙。先前在馬公拔掉的牙齒，笑起來露出一個黑洞，牙醫說要補起來，那時我還天真無知的說不介意，不知道缺牙將導致兩旁牙齒傾倒。牙醫準備幫我做牙橋，牙床上有個傷口許久未癒，照X光，原來那次沒全拔掉牙，斷在裡面，馬上打麻藥切開牙肉，將斷齒拔出來，黑色縫線像個十字架又像架飛機。當晚有個同學二十歲生日聚會，腫著臉，連蛋糕都不能吃。

所以我挺畏懼看牙醫，也算小心維護，多年來只那兩顆壞牙，盡可能照牙醫指示，沒事也要來洗牙檢查牙齒。不過也是能拖盡量拖，憑自己對牙齒的敏感度確保它們平安無事。金莎說，他們澎湖的診所洗完這次牙馬上排定下次，時候到了自然有人來電提醒，體貼周到，由不得你落跑。拖得越久洗起來越難受。年輕力壯時打麻針抽神經都很勇敢，年紀越大神經越脆弱，洗個牙就緊張得要命，兩手緊揪，真是上斷神經台般。

搬家後就近找了家新開的牙科，裡頭擺設頗富藝術氣息，時尚的皮沙發，一應俱全的報章，醫師個個郎才女貌。也許這也稀鬆平常，但我受不了女牙醫邊洗牙邊跟助理聊天，她則受不了我老阿婆似的大鋼牙，見它與牙床有一釐釐縫隙，叫我趕快來換牙套。牙不鬆不痛，拖了快一年，決定回以前的診所看黃醫師。鋼牙真的比較耐，同時期做的瓷牙橋早就壞了，就是在住家附近隨便掛的黃醫師幫我治療的，黃醫師好靦腆沉默，躲著病患的目光和話語，但特別令人放心。

冬日裡趕了兩三公里路走到流汗，昔日小牙科變成豪華大診所，面積擴充三四倍，鮮花處處，護士成群，病患也成群。然而黃醫師離職了。傻氣的打聽他的下落，得到的回答當然是不清楚。接受安排看了一位女醫師，馬馬虎虎洗牙、看X光片，斷言牙根已經不行了，不是換牙套即可，需要拔牙植牙。我知道做牙橋落伍了，至少也稍微說明一下植牙的程序，什麼都沒說就走掉了。不信到了非植牙不可的地步，隔週再來請櫃台小姐另推薦醫師作評估。是位穿著漂亮的黑皮鞋（黃醫師的皮鞋好老土）待過大醫院的年輕醫師，但尚未學習植牙技術。他把那片子看了又看，模稜兩可，似乎也拿不定主意。大鋼牙的釘子據說又大又牢，摘了來看究竟可不可治，牙根肯定會崩潰，假如並沒有蛀，豈不浪費一隻牙。保守的做法是先換牙套靜觀其變。

憂心忡忡的接受建議，拆了大鋼牙。忘了吩咐，他把那陪伴我多少個一日三餐的老骨董當垃圾給扔了。負責做臨時牙套的護士是診所內唯一的老面孔，問起黃醫師，只說開業去了，詳細則不可說不便說。某日臨時牙套被口香糖黏起來咬碎了，不必見主治醫師，也是她負責幫我重做。傍晚的牙科診所座無虛席，她領我到樓上的植牙中心，兩人獨處，告訴她我滿心的疑慮。先前的女醫師說不拔蛀牙，恐怕感染兩旁牙齒。她建議另找位資深的醫師諮詢，還偷偷告訴我黃醫師診所的名稱和大概位置，聽起來離我家好近。

資深醫師看了病歷自然以為我是愛亂換醫師的壞病患，把我歸還給年輕的醫師，並當場指導他重新磨牙以及看片。只是拍攝角度所造成的陰影，並非蛀牙。年輕醫師技術雖不純熟，人還算虛心客氣，病患另求高明對他是傷害也是警惕。雖然更加沒信心，我什麼都沒說也不挑剔。固定新牙套那天明明牙齒咬起來太高，修改數回仍差強人意，灰心的說可以了可以了。回來越咬越不順，只好接受它、習慣它。

於是更加想念黃醫師。依照護士提供的資料去問查號台去走那條路，都毫無結果。某天跟金莎說起這件事，她以電腦查詢也無所獲，突然想到可上衛生署網站。幸好我記得醫師全名，醫師執照是看牙醫無聊等候時必仰望的。金莎得意洋洋跟我報上診所的電話地址和正確名稱。老護士兩個字記錯了一個。

時間已晚，隔天早晨打電話過去，響了好幾次都沒有人接，燃起的希望再度落空。不死心的按照地址尋去，離我家不到一公里，隱在僻靜小巷內，難怪找不到。即使是拉下的鐵門在我看來也像夏天的冰山那般清涼。牆上告示週一至週六的門診時間，只休週四上午，偏我這時來電來訪。隔天早晨先打電話約好時間，興沖沖赴約，推開玻璃門，櫃台小姐低頭在看診所內唯一的報紙，《國語日報》。袖珍的診間，一小張寂靜的候診椅，牆上掛有《聖經》箴言，兩張診療椅，黃醫師在其中一張幫病患看牙，身邊沒有護士助理，他的頭髮比以前短，頂中略微稀疏。古典樂聲中，他們都沒察覺有人上門來了。

原載於二〇〇九年八月《印刻文學生活誌》

# 好花

有史以來，今年我的花開得最好。這花開得這麼大這麼美，像枝粉紅色的風車，我假想我是個外人，看見這朵私房花不禁要說：「真過分，好像山巔上的花！」以前花開的時候，以為可以多看兩眼多開兩天，將她移至平靜的室內，現在不做這種事了，保持距離，順其自然。但還是做了一件自作多情的事，拍照留念。

這花去年春天在住家附近菜市場買的。通常都是結好花苞才帶來出售，當時開好花是應該的，有時甚至了了，然後便一年不如一年，甚至彷彿結紮了，再不開花，我不由得想起田裡的瓜若不結瓜，父親會說它們反公了！變成公的了！可是這花卻開得較去年更美好。沒有特別照顧，沒有期待，自然又驚又喜，無限感激。

賣給我這株植物的好好太太臨別時溫柔而感性的叮嚀：「謝謝你喔！帶給你快樂！」果真如此。可是今年卻不見她蹤影。從春天張望至夏天，每經過農婦們挨擠的服裝店門口就希望能在地上的青菜堆裡發現亭亭玉立的花草，菜市場中買花，用買菜的錢買花，意外的收穫，要比逛花市更開心。可惜不見她蹤影。只有路口賣花的老兵依然，黑蕪著臉，不發一語，用牛皮紙板寫著和往年一樣你不能說是錯字的「杜娟一科五十元」，地上歪著幾株赤裸的杜鵑。

同時跟好好太太買的另一株同樣的花，她說這是荷蘭的大輪葵，今年卻無聲無息，大概是把功力全運給同伴了。

春天陸續還有其他的花，蘭花一開就是三個禮拜一個多月，整個春天都明媚。相對的夏天就黯淡了。但是今年夏天卻有一顆仙人掌悄悄轟轟烈烈地開起花來。怕危險，圍牆上的盆栽都撤退了，除非豔陽狂耀風死寂才去站一下台，唯一常設的一盆，貼著牆，盆身三分之一凸在陽台內側才放心。給它鑽石般的金光，其他都不重要了，連水也可有可無似的不大注意。某日夜半突然發覺圍牆邊上有個白影，大側著臉看，她向陽台外勾出細長鵝頸，展開一朵比自身大兩倍的白花。未曾開過的花，都傻了眼，簡直是天上掉下來的禮物，雀躍的直學她向圍牆外勾長頸子，徘徊不去。向來偏愛隱藏花蕊的複瓣花朵，因此改觀了，單瓣花兒單純聖潔。

相隔不到一個月又如此冒出一朵，颱風來襲正好有藉口將她捧進屋裡，像是一座雪白的留聲機靜靜播送樂音，昏天暗地，多留了她曇花的生命一天。

原載於二〇〇七年十月十八《自由時報》副刊

# 聖誕樹

雀躍，我拿起相機溫習使用方法，不能多說一句的出發了，那架勢可比獵人操起槍桿，將去獵蝴蝶。

愚人節那天南下台中，等候買餅時發現了一幅有趣的畫面，排水管在排水溝壁上涓織成一棵綠絨絨的聖誕樹。

之前我也曾把一塊手掌大的礁石想像成一株白色聖誕樹，但不是在拾獲的當下，而是事隔多年才後知後覺，至於何時何地取得則毫無印象，假如當時即賦予形象，可能較不易忘記，推斷是在澎湖沙灘撿到的。意外的又獲得一棵聖誕樹，便計畫著把已有的拍出來做為對照。

擱著大半年，已是深秋，光憑空想像皚皚小樹擺在草皮或青苔上的模樣。山腳下走道邊有塊石頭青苔最為燦爛，走過一次就竊喜一次，認定能成其佳作。石頭上最菁瑩且契合礁石的是南向的一小微坡，青苔來自綠蔭，近午時分，一片葉子投影於白色聖誕樹，恰似一抹笑。可惜，蒼白中無法顯現它玲瓏有致的凹凸和如沙粒的氣孔。

應該樹立！回頭看見木椅上秋陽灼灼，就是那幾張弧形擺設在高樹下的木椅，我渴望某日優閒無事可以坐它幾個小時，好好看一份報紙。石片的厚度正好能卡在椅子的木條之間，昔日它在沙灘上沐浴的明耀日光，曝得它一身潔白，那突起像餅乾上的夏威夷豆一顆顆浮現上來。

水溝聖誕樹是一片苔蘚綠氈，礁石聖誕樹最好能在翠綠青苔中凸顯形色，沿路打量著，看見光照的翠綠山壁就讓它站過去拍，胡亂的拍，到了山腳老房子門口，愛看地上的苔痕又平放著拍，沾沾自喜，忽而低落的心情，變得不足為奇了。

回家重看照片，必然不如想像中的童話夢幻，想著明天再去拍。怎知明天不見陽光，數日不見陽光，就當這個功課完成了。

原載於二〇一一年十二月二十九日《中國時報》人間副刊

# 識字

這兒有封我們馬來西亞的表姊寄來的賀年卡，卡片內容不外乎是一般的祝福，「新年快乐，身体健康，万事如意，笑口常开」，並說：「在這我現跟你们拜个早年，我们新年見！」信殼可就精采了。某個愛國的郵差先是在TAIWAN下方加註ROC，接著有藍與黑以及鉛筆共三行字，試投某某地址無此人，試投某某地址無此路名，一旁蓋著三個紅色稽查章；至此還不肯放棄，再試一下，終於成功找對門來。當它在台北市悠遊，我們年也過了，馬來西亞表姊的面也見了。

麻煩的產生乃起因於簡體字，同一個字簡體與繁體之間的距離竟如此遙遠，「興」字簡體看似「光」，「光」字試不成，猜是「州」，於是連另一個字都懷疑起來，且明明寫的是路，卻編派出街來，當然屢試屢敗。我找出更早的一張生日卡，表姊的字挺端正的，簡體字不多（據說他們小時候是先學繁體字，後來才改識簡體字），寫的地址也一模一樣，只能說那個郵差比這個郵差見多識廣，或直覺正確，一投就中。

經過這件事，原本老抱怨我字草的小孩，現在又加了一項，「我最討厭草字和簡體字了！」這兩者的共同點就是，讓人看不懂，他擔心所學的不夠他辨識用。

我喜歡看小學生學寫生字的作業簿，一個字寫滿一整行，滿紙新鮮字。我小時候學寫字也相當認真、用功、用力，好似刻鋼板，每一字都駝印到背面去，甚至下一頁；且不用墊板，不喜歡那種滑滑溜溜的感覺，喜歡筆陷紙中。老師見我和另一個女同學字寫得工整，常常叫我們幫他抄寫黑板，站在椅子上寫黑板字，對小學生而言是莫大的榮譽，我盡力刻畫示範著每一個字，務必使同學們都看得清楚，覺得漂亮。但下了台只覺得那字彆扭，沒有我原本的字好。

上了國中以後我寫字就更有模有樣了，姊姊湊過來看我的作業簿，驚訝問：「這是你寫的啊?什麼時候寫字變這麼漂亮？」變?!字和其人一起蛻變。我自然是洋洋得意啊，因為姊姊有個國中老師訓練他們寫毛筆字，規定每日交一篇小楷，她曾在全縣書法比賽得過名次。我說我將來就可以找一個寫字的工作了，我們那精明老練的大姊立刻又將我降等到不成熟之列，她說別天真，以為字寫得漂亮就能有飯吃，比你寫得漂亮的滿街都是。

寫得一手好字就能博得好評的虛榮未能持續太久，不知道什麼時候開始我的字愈來愈不守規矩，當別人看到我的字而嚇一跳，我微感得意，似乎故意藉此表達我也有奔放不拘的性格。大學時代更可以一字不漏的狂抄狂草筆記，我不小器很樂意借給同學，但辨識起來極為耗時費力，他們也就算了。因此從前寫的日記也不怎麼怕別人看見，因為不太看得懂，即使賣力解讀出來，也仍是隔了一層。寫作以來，更不時遺留東一篇西一篇的草稿塗鴉，隔些時日拿起來重看，屍橫遍野，常常自己都不解，愈是這樣愈是覺得其中藏有寶藏，也許是我現在再也尋不著的靈感，或者能引發另一靈感，遂逼著自己去解開謎團，有時甚至拿著去問別人。有了警惕，書寫速度漸漸放慢，不再飆字。

在寫字這件事上才覺時間寶貴，一筆一畫計較，為了省時，常思一筆成形、一筆帶過，偶而學到了幾個約定俗成的俗體字、簡體字，必定牢記應用，如应、兴、体、会、们、几、数、个、関、欢、経、过、联，滿足偷懶占便宜的樂趣。但是像「国」字，我雖然知道卻不喜歡寫它，我寧可在框框裡面隨性畫個幾筆，就是不願從簡。

有個朋友在上海工作六年，她的大陸生活饒有心得，北京的計程車司機誤以為她是沒文化的上海人，她當然也以上海人自居嫌北京人土，每回返鄉她都很有心的帶兩本大陸出版的文學書送我，我跟她說過簡體字對我而言是一個問題，她說得沒錯，就像郵差送信多跑幾趟自然就熟門熟路了。我也明示過，不必投其所好盡帶些純文學的作品，純文學的作品更難進入狀況，最好是流行性的東西，愈不文學愈好，但她總是要展示一下她和他們的文化水平。通篇的簡體字，或多或少的繁與簡，好似一幅馬賽克，被遮去一些，顯現一些，於眼於神經都造成錯亂，讀起來感覺慢了半拍，讀過又忘得特快。

閱讀簡體字的不習慣，道理很簡單，就像人家說的「由奢返簡難」，眼睛既已習於一種華麗，就看不慣簡陋了。另一個原因當然也由於我們不曾用生字簿寫滿一行行的簡體字，我們對它沒有那樣的情感。

在我曉得的簡體字當中，最不能接受的是「叶」字，化為簡體的葉字左邊一個口右邊一個十，美感盡失。我從前的室友姓葉，那時我尚不懂葉的簡體，自作聰明的以為虔誠基督徒的她把十字架放到了名字上面，所以竟連這麼重要的事也沒過問。又例如我們的馬來西亞大哥的幾個女兒名字中間都是個「乐」字，可是我卻老覺得那是個「牙」字，因此名字雖好聽，但不好看。

現在我每年春節都要到馬來西亞過年，我能適應在大熱天裡圍爐放鞭炮，卻不習慣那邊的簡體字，文字讓我有他鄉異國的感覺，猶如另一種氣候。家人總是把每日的《星洲日報》擱在廚房入口前一張倚牆的老椅條上，那兒通風良好，日光充足，每日不同時候有不同的人待在那兒閱報，我一日翻閱瀏覽數回，大多是看圖說話。星馬兩國通用簡體字，我偶爾會攔截過路者問一問這個是什麼字，更常常放任自己不求甚解，這似乎也挺輕鬆有趣的。

原載於二〇〇六年四月二十八日《中國時報》人間副刊

# 輯三

# 春天的三個名字

## 侯麥

最怕上台講話卻不打草稿，反正來去匆匆很快就過去了。靦腆的、興奮的、滑稽的，所有得獎人都致完辭，最後由書展執行長上台介紹活動重點，尤其著重今年的主題——法國。說著說著突然提及，與會前她看到的重點新聞，法國導演侯麥過世了。

下了台空空冷冷的杯子忽然飄進一絲花瓣似的。這時候便想，要是早點兒知道侯麥過世的消息我就可以告訴他們，我喜歡侯麥的四季電影，美麗的記憶，每一部都是獨自進電影院看的，看完一部好電影，你會失去方向，在街頭微笑著胡逛。我的《流水帳》手法非常單純，毫無技巧可言，就是把人事物填進四季的五線譜中。小說裡有我童年時以最天真無知的心靈所感受的季節，那時，春是春，夏是夏，秋是秋，冬是冬，各具姿色的四大美女。我試著捕捉她們的身影，像孩提時候心碎的將一隻舞媚的蝴蝶狠狠地夾進書頁中，而後沒有勇氣去翻閱牠被夾扁後死板的模樣。

寫作此書的過程，有時是在寒冬描繪春風，有時春日正逢筆下春耕，感覺一轉眼，她即從另一個極端的國度跑到你的書桌上來，嫣然坐著，不懷好意的笑，好像說著，我又來了，你還在這裡囉唆磨蹭。寫作者是一個自轉的星球，且追趕附和地球的轉動，我既怕韶光流逝，再次和春天對上，卻又盼望春光乍現，暖照冷卻的記憶和紙筆，即使遙隔三十年，已非同一個春天。

回家立即翻找那本一九九五年德文發行的日曆，三百六十五天，三百六十五部電影，厚厚實實像本小辭典。還記得是託辦公室的工讀生在學校買的，那個打工為了看職棒的短髮小女生，那時候還教我電腦，做了一本「電腦秘笈」給我。

日曆其中一頁是侯麥的《春天》，但沒有夏秋冬，一九九五年我尚未看過這部電影（看這部電影是下一個世紀的事了），匆匆一瞥即留有美好印象，因為我很容易被綠草如茵繁花織錦的景色吸引。用力推開層疊緊密的日子，夾藏在書頁裡冷綠的色調好似霜霧封存的葉子。三百六十五分之一，預防下次遍尋不著，所以撕了紙條夾在裡面作記號。三百六十五頁中如詩如畫的蒼綠場景並不多，還有寧贈有緣人不留於子女的《豪安居》，以及上帝把我生到這個世界就是為了看我受苦的《黛絲姑娘》，寧靜永恆的畫面，在我看來都是春天，不幸都是後來的事。

循著記號找到了曾驚鴻一瞥的綠色小湖，三月二十一日，侯麥的《春天》。畫面半是白花怒放的老樹，密布於上部和右邊，枝幹如老松，花形彷彿大朵的梅花，花之繁華繽紛不下櫻花，但不像櫻花那般纖細飄零，草地上沒有一片落英，而是若即若離的鵝黃小野花。左前方劇中人並肩走過花樹下，朝我們走來，自然讓人想到了「情侶」兩字。花枝橫在年輕女孩的額頭胸前，好像戴了頭花又別胸花，花不嫌多。她長髮披肩，頭戴鴨舌帽，一身藍牛仔衣牛仔褲，準備席地而坐的裝束，手中似乎把玩著剛從樹梢攀折來的花木，也可能只是橫在她胸口的一枝花。

春寒料峭，身旁的男子雙手還畏縮在口袋內，微微駝起肩背，側臉傾聽她訴說心事，或許還是個祕密，林子靜悄悄，覆蓋地表的草棉沒去了他倆的鞋履和話語。

想把這一頁撕下來放進木框裡，那麼就能時時看見春天在牆上，一直拖著，春色無邊。

## 李英愛

聽到李英愛低調結婚的消息，我想去租一部她的電影來看。去到出租店，先在拍賣的片架邊逗留。很便宜，一部才三十塊錢，不多，五、六十部，東西方各類影片雜混，恐怖片居多。當中正好有一部李英愛的電影，不是恐怖片，毫不考慮就買回家。

十多年前《火花》引發韓國熱時，我的韓僑同學說她最喜歡李英愛，當時不以為意，事隔多年看了重播的《火花》，果真她就像整型名醫說的，美人胚子。

其實她讓我想起的是《細雪》裡的雪子。某次拾階上山時恍然所悟。春日裡身穿和服執著花傘出門賞櫻的姊妹們，個個都是關西美人，尤其是最內蘊的雪子，「並肩在路上走，光是這一點就算得一個好鏡頭一部好電影，在場的人全都回過頭來亮起眼睛」。谷崎潤一郎描寫雪子必定有所本，但他要是見到李英愛應該也會贊同，淡漠的外表鎖住青春，溫柔中帶著堅毅的兩人有些神似。

巧合的是《細雪》從頭到尾都在「不知不覺錯過婚期而已經三十歲的雪子」的婚事上打轉，臨到三十歲下半場又是公眾人物的李英愛要結婚談何容易。雪子和雪子的家人多年的精挑細選，不管是錯過的或最終的選擇，感覺都是一朵仙花插在牛糞上，沒人配得上冰清玉潔的雪子。像雪子這樣的女孩子，我們多少會遇見，她陪你逛街吃飯聊心事，有事相託一定做到完美，但她心底在想什麼，無奈我們永遠不是真正了解。

另一個巧合是，我買的這一部電影竟然叫做《春逝》，美好的女子結婚去了，就是給人這種感覺，雖然時代不同了，大可不必如此悲觀。我想起我的高中同學阿寶，短髮瘦小，細框眼鏡，聲音沙啞，常皺眉頭的一個女孩子。有一次幾個女同學在閒聊，說說自己未來的志向，大家講的都是職業，只有阿寶說她想當小姐，大家笑著重複一次「小姐！」她說就像她姊姊，離開學校步入社會，每天打扮打扮去上班，自己掙錢自己花，不煩惱什麼。許多年後大家應該就懂阿寶的意思了，就是那段難再的無論如何都寶貴的時光，以及在那當中所做的自己。

# 高杯花

沒多餘的時間和空間給花花草草了，暗下決心戒入花叢。去年是真的做到了，綁手綁腳，幾乎未添置什麼新成員。除了，高杯花。

名牌上他們寫這個「盃」，我喜歡這個「杯」，酒杯的杯，非獎盃的盃。去年春天姊姊來台北，我們去逛花市買的一盆從未看過聽過的高杯花，最低的消費，一盆四十，三盆一百，堅持只買一盆。花團錦簇的小花草，一種就夠了，最美的就是你挑的那種；一盆就夠了，一季或者半季，你遲早會養死她。王菲〈新房客〉的歌詞，「要不是我的花草，開得正好」，說的準是這些短暫耀眼如火花的小花草。有回花了幾百塊買一盆所謂不會死的藍眼菊，結果也是一樣。陽台日照不足，知其不可而為之。有些花商甚至明說，花謝了就完了，本來就是這樣，就像一江春水向東流。雖說改抱插花的心情看待，難免仍有一點小盼望，特別是看見那些荒廢的園圃也有花團錦簇的榮景，就更不服氣了。

該怎麼描述高杯花，它的花像是細小的朝顏，淡粉紫，一杯杯含蓄的向上開，而非完全的敞放，毫不爭奇鬥豔的三千佳麗。花也纖纖葉也纖纖，同樣一小盆，花朵就有人家的三四倍，葉也是繁複的，蒼綠的羽毛似的，一個小竹林似的。最好的位置給了她，高出陽台，唯她一盆，有如衛冕者寶座。不這麼風光，花怎會好呢。更暗自奢想，她要是能留下來，就把園裡最美的再也買不到的曲折盆給她。

不單因為是新歡，她著實討人歡喜，春天過了，夏天來臨，換了季仍然一派爛漫安逸，一杯杯透明的春酒。十足偏心，推開紗門先望她，甚至只望她，天天一束捧花高舉於牆頭。持續到了七月，竟然有些等不及希望花謝，要趁健美趕快移盆，在那培養盆裡怎麼都不算數不踏實。

終於將她種到曲折盆裡，一兩根的修著萎黃的草莖。花宴過後必然元氣大傷，好像摘了后冠般。該在原地曬太陽或牆腳休養生息，我搖擺不定，常常一起風就抱下來，看著她日益萎靡又趕忙供奉上去，她被我弄得心神不寧，我也被她攪得惶惶不安。無計可施之後，最後一招便是大刀闊斧將草莖剪個精光。

記載在日記裡，七月二十二日高杯花發新芽。春的嫩綠。終於種活了一株小花草，這種經驗是少有的、了不得的、令人雀躍的，我在心底反覆吟哦著「今年有了高杯花！」

不到一個月新生命即夭折，而我一點也不能為她悲傷。八月八日下午桃園機場的班機正常起飛，還以為莫拉克颱風已經過去，沒事了，回國後發現災情慘重，洪水奪去了千百條性命和他們的屋子，以及微不足道的，我陽台上的高杯花。

九月初再履花市，不抱任何希望的只是去問問高杯花。那家稍有布置而非擺一地的小花草攤，我記得是在最多花種的蘭花亭對面。被我一問，那人突然想起來，說九月底還有一次高杯花。

秋天的花期較春天短得多，有點失望，把它種在曲折盆，沒怎麼修剪，高樓強風吹襲也淡然以對，時而挪上挪下，時而置之不理。果然如他們所言，耐風、耐陽、耐冷、耐熱，且耐主人的忽冷忽熱，所以存活下來。葉片一盞盞往上添，空有杯沒有花。滿心期待今年的春天，為我酙滿花杯。

原載於二〇一〇年三月《台灣高鐵雜誌》

# 五月

五月的第一個假日回來，愛麗斯來接機，穿蓋袖的短上衣、花裙和涼鞋了。想一月回來的時候，愛麗斯到家裡找我，從頭到尾裹著蓬蓬的鋪棉橘色外套，兩隻手放在口袋還喊冷，而我只需要一件七分袖的綠色薄毛衣，現在反倒是我穿得比她多。她這身打扮有點惹惱我，我責怪她不該這麼早穿成這樣，又挖苦她將這樣穿幾個月啊？五、六、七、八、九，到十月也說不定，我皮箱裡還給她帶來針織的小外套呢。我不多思索就問：「是你不正常還是我不正常？」她大笑反駁：「當然是你不正常！」我很正常，只是不夠務實，只是希望夏天慢點來，就像要求花慢點開一樣。

天氣似乎是向著我的，車一駛離機場天空立即飄來斜風細雨，大地一片灰茫。

「那間超市開幕的時候還請如花來！」聽愛麗斯一說我趕緊轉向窗外，只見灰茫處一間不起眼的平房，開幕不是過年前就是過年後吧，就已經那樣黯淡了。李白〈長相思〉，「美人如花隔雲端」。「如花」，一個以醜貌聞名的女丑，取這個藝名完全是反諷，若是真名更是諷刺，當她的醜貌不足為奇了，上電視的機會也變少了，後來聽說到麵包店上班餬口，還有就是偶爾到風奇大無比的偏鄉當當開幕嘉賓。

我們行經馬公第二漁港，眼睛忽然一藍，我看見了正在北美館展出的那張相片，完全未經加工。一個名為「真實的假像」的攝影展，帶你瀏覽台灣城鄉景色，所有相片都是黑白的，只有主題保存了原本鮮豔的色彩，明明是彩色攝影抽掉大部分的色彩，卻好似在黑白相片上塗了顏料；唯一一幅澎湖就是馬公第二漁港五座像巨型罐頭的藍色油槽，上面彩繪著魚、海鷗、燈塔、躺椅和遮陽傘等象徵海島的樣板圖案。黯然的背景顯現出它的可愛與詭譎，它像夏天一樣誘人，像饑荒中五罐油膩膩的罐頭。

回到家門口，看見弟弟特地買來的牡蠣和火炭擱在屋簷下避雨，父親說春天是繁殖期，所有的海產應該

都還瘦，要等更熱天才有肥美的漁獲。我沒有期待什麼，卻微感失落，不知失落了春天還是夏天。

原載於二〇〇七年六月一日《中國時報》人間副刊

# 小草盆

這幾個小花盆通常裝的是草不是花。有時候責怪它們是我胡亂植物的始作俑者，因為它們，我最常買回來的是掌上型的小植栽。也怪什麼都漲價，不願承認的是隨著年紀增長，好像稍微看得上的物品都貴得碰不得，有點無奈，幾十塊錢的綠色小精靈是生活中最便宜最值得，拿在掌心就不必釋手的東西。這些小草小葉擺進可愛的盆裡更是相得益彰，立刻身價百倍。

這個米黃小盆是在馬來西亞買的，那年除夕正逢西洋情人節，一出國我就不知今夕何夕了，哪記得這個，要是記得就絕不會走進花店去湊熱鬧。一小個花盆台幣兩百五十塊在當時當地不算便宜，也許為了抬高價值，說是西班牙進口，但是上頭浮雕的兩條白蘿蔔可不就是中國人的好彩頭。在除夕買好彩頭，在情人節不買花買花盆，意外的都應到景了。

另外一個從日本帶回來的，三年了，外頭那層耐看的網狀牛皮紙還不捨得撕掉，漸漸忘記是個磨沙白石小盆。同時也買了一個小盆送給朋友，可能在路上先發現花店，興沖沖跑去選購禮物，飯吃一半便不見人影，折回餐館，同行的人已經離開，因而每次看到這個小盆，就要可惜我沒吃完的無限量供應的迴轉壽司。

最珍貴的是最小的一隻淺彩馬賽克，我在店門口玻璃櫥窗外一眼相中它。隔一陣子又發現櫃台後面有個異曲同工的小盆，想要購買，卻被老闆也就是它的創作者拒絕，她說她只畫了兩個，一個就花掉四個下午，另一個被粗心的店員不小心賣掉了。生命中的四個下午！

物歸原主的念頭一閃而過，我還是想占為己有。

原載於二〇〇七年十月四日《自由時報》副刊

# 衣魚

回家的時間裡我總是忙個不停，直到疲累不堪才會在樓上微潮的被褥中間躺下，不是快速沉睡很快醒來，就是沒睡著，這時靜靜感覺，泛著霜粉裂紋的白牆上有個小東西在推移。

牠是這兒唯一的長期房客，一個虛無者苦行僧，卻也是小偷，了無痕跡偷走了我們遺落的時光，藏在一個誰也找不到的地方。牠始終套著一襲灰大衣，隱去頭尾手腳，像顆發霉的香瓜種子，漂浮在茫茫極地。牠必然消極而飢餓，不蠹書也不啃鞋，並不是沒留給牠書和鞋。難道像童話故事裡的老鼠，鄉下版和城市版的衣魚會有如此大的差別，我懷疑牠跟台北囓我鞋盒一溜煙逃逸的壞傢伙並非同一種蠹蟲。

衣魚這個詞這些年有了新的意思。就這些年，我和愛麗斯一年兩次的台北購衣之旅漸漸變作兩年一次，或者更久，甚至停擺。見面和買衣互為因果，因為不買衣所以不見面，也因為沒見面所以沒買衣，於我更確切的原因似乎是，之前買的衣多半在衣櫥裡坐愁紅顏老，不可思議的是，這兩年一直想念的是回收掉才後悔的幾件舊衣，而我已在幾套簡便的衣著模式裡固定下來。

但我們的交流始終是衣，談衣，有時我甚至無聊到會寄上剪報，上面有適合她的一兩款衣著；或者問問她最近最常穿些什麼，是我作伴去買的某件上衣或裙子嗎；又或者提醒她別忘了我們哪年在哪兒買的哪件衣正適合現在的天氣和流行，而這個念頭是那麼突如其來地飄進我的腦中。

事實上，缺乏參與，我對她生活中的其他部分似乎愈來愈模糊了，關於衣是最易取得的親切話題。而她不也是，常常拿起電話就是問：「要不要寄魚？」雖然缺魚，屢屢被這兒的魚價嚇著，但是說要或者不要都不好意思，只能拖延。一旦約定，她就得去大市場採買當季的鮮魚，由包裹的內容我可以感覺到那裡的漁產同樣日趨枯竭，何來盛產廉價的魚，粉嫩的紅目鰱吃著玩已是陳年往事；再來就是拿出壓箱寶，親友垂釣的幾尾適於懶人煮魚湯的近海小魚。現在更有一個鮮魚買手，她學校的同事陳先生，每每巡視鄰村漁港也會順便幫她攔截一些漁夫剛釣上岸的魚。

而她又再順便去我家裡問問有沒有東西要寄，若非我千叮嚀萬交代，我的冰箱又老又小，他們幾乎要把山和海都空運過來，有一回甚至出現陳先生種的南瓜和蘿蔔，尤其還有一股原生家庭特有的冰箱怪味襲鼻而來，我總說他們的大包裹讓我既期待又怕受傷害。

少數幾次叫快遞，大多是限時專送，她親自開車去機場託運，有一次她氣呼呼從機場打電話來更改班機時間，我聽了那原由又好氣又好笑。原來她把冰凍的魚裝在一個印有漂白水字樣的紙箱裡而被航空公司拒絕，打開紙箱接受安檢也不成，他們非要她換個箱子不可。有個朋友說，魚是最笨的動物，這麼看來，人是又笨又不可理喻的動物！

收到如此貴重的禮物，談錢算帳就太俗氣了，有時我會回贈我自認為她穿上會很好看的衣。無論如何都是我占便宜，一則可以繼續享受購衣的樂趣，一則幫衣櫥裡由新放成舊的衣服找到去處，它們獲得釋放，我也替它們高興。

多年前我在雜誌上看到主演《綑著你困著我》的西班牙女星維多莉亞穿著一襲

以魚編織的晚禮服，那些魚可不是灰撲撲的，閃亮亮的鮮魚綻放鋼鐵般的金屬藍光，緊裹婀娜的身軀，將她襯得無比性感冷豔，且充滿生命力。衣魚新解：以衣易魚，穿魚的人；前者是魚荒，後者是衣荒。魚荒永遠會比衣荒來得早。

原載於二〇一三年十二月六日《聯合報》副刊

## 年

城裡的人愛看天頂的煙火，鄉下只要地上有枚鞭炮就夠澎湃了，為什麼叫鞭炮呢？於視覺上聽覺上都像是皮開肉綻的抽上一鞭，滿布硝煙味，是種激情、振奮，也是警告。

平常時除非嫁娶，沒有人放鞭炮，村莊之寂靜的，風聲灌耳，只有這個時候，家家戶戶此起彼落聯手放鞭炮，高調呼應，過年囉！

澎湖的習俗，或許只是我們村裡的習俗，大年初一開廳門前先推一道門縫，在門檻上點燃一枚長得像大顆電池的「大炮」，爆竹一聲除舊歲，新的一年正式開跑。前夜酒足飯飽藏了壓歲錢，這一覺萬世太平，美好有如冬眠。有孩子被這一聲響炮震醒趕忙起床穿新衣，有的蛋殼鐵硬，敲不破，也有醒是醒了，睡還是要睡，裹著棉被享受無事的安逸。隨著年歲增長，這段甜美的賴床時光越變越長，心情也越加複雜。

放鞭炮向來是母親的工作，到現在才知道父親不放鞭炮是因為戰時被空襲炸彈炸怕了，放鞭炮令他想起當時。男子漢大丈夫，非不為也而是不敢，難道老婆不是從那個年代走過來的。此話由母親口中說出，直覺好像是男人哄騙女人的託詞，我忍不住笑了出來。

母親拿著香枝指向擱在地上的大炮，星火吻上引信，豺狼虎豹立即出籠，她急忙移動胖墩墩的身軀走避。火山沒有爆發。小島環海，鞭炮受潮是時有的事，回頭再試一次，尚未下手，炸彈爆了開來，即使不在當場，都心驚膽戰了，何況去捋虎鬚的人。往昔住在三合院，只覺像開香檳似的蹦一聲，那年初入住新落成的平房，空間縮小緊閉，如在箱子裡放炮，睡在後方閣樓裡的我們嚇了一大跳，還以為是電視機砸下來。

除了大炮，還有手掌大的連炮，以及長串的鞭炮，視情節需要斟酌鞭炮的體積和數量。總之是歲末放到年初，炮聲隆隆，有一種圍城的暖熱。「頭牙沒做尾牙空，尾牙沒做不是人！」我聽母親說這些年俗諺語，有一種乖乖傻傻的可愛。

十二月十六尾牙，年初二頭牙，放上兩只連炮。那連炮像個小竹筏，用一管一管瘦長的爆竹組合而成，點了引信往外扔，碰碰碰！聲響較為纖細，不過三拍，意思到了就好。

除夕傍晚「辭年」，也不能沒有炮聲；倘風調雨順豐收好年，依依不捨，晚些兒辭拜；反之，不妨四、五點就拜了，早點把它送走。送神、拜天公結尾也都是放鞭炮，鄭重其事者嫌連炮不夠看，在竿頭高掛一長串，爆竹節節爆破，煙火從地上升至半空中，一下子灰飛煙滅，只剩用紅春聯紙糊的炮頭空蕩蕩的掛著，像個展示的首級。有些小孩專門撿拾未爆的鞭炮，偷偷學著大人拿香放炮練膽量；也有的把炮紙一層層剝開，收集裡頭鉛黑的炮藥，好像準備進行什麼復仇計畫。

大半年過去了，最熱鬧的大路邊最偏僻的陋巷，猶可見紅的牛皮色的炮花紙屑，結伴的落單的，或浪蕩或棲息，不知最後會逃到哪去。

原載於二〇一一年二月四日《自由時報》副刊

# 憶苦餐

捧著剛出爐的散文集，我為在香港的莫媽媽寄上一本，幾天後莫媽媽來了一封信，信上說收到書「馬上放下了未看完的讀者文摘及韓國劇集，妳的取材來自日常生活，我有心機欣賞。」看了很令人開心。一張英華女校的試紙，莫媽媽剛毅的黑色筆跡，還穿插有退休歷史教師莫爸爸的藍筆修改，開頭「瑤：」給加個「阿」，成了「阿瑤：」；讀者文集不對，改成讀者文摘；字太草也要再描過；一旁更探出頭來附筆祝福。婦唱夫隨，有趣的一封信，彷彿又看見莫媽媽在席間賣力的用國語夾雜廣東話來表達自己的意思，莫爸爸則於一旁插嘴註解，當大家稱讚莫媽媽國語進步，莫爸爸就會得意的說：「都是我教她的！」

我與同在台北的老莫保持著一種時冷時熱的關係，但是和莫媽媽始終親切，她是位慈愛的長者，她來過我的老房子，留意到我散落著許多小東西，於是情商兒子幫她把兩個自大陸帶回香港的木架子運來台北給我，一向灑脫的老莫哪裡肯，莫媽媽無可奈何，只能等到自己要來台北，親手拎上客艙，為我帶來。兩個古意的深褐色木架子，很符合老房子的老情調，也使許多小東西有所安置。

每回莫媽媽來台北我們都會帶她上館子，她看見鼎泰豐門口流動的幾百號燈號，說是好像看病掛號呢。怕我們破費，她老是說隨便吃吃就好，唯一表示過特別喜愛的食物是水煎包，看見水煎包就會像小朋友般討著要買來嘗嘗。有一次她主動要求要來我家做菜給我們吃，一早趕赴傳統市場買妥食材，高高興興穿著與兒子一起新買的球鞋提著菜籃子上門來，於老房子簡陋的廚房煮出湯湯水水一大鍋，有一點兒豬肉，許多白蘿蔔、芋頭和一些蔬菜，謙誠名為「憶苦餐」。清香悠遠，一共吃了三餐，剩餘湯汁掩埋於楊桃樹下。

我的散文集寫衣寫住寫行，獨缺食，我想憶苦餐正是個好題材，問老莫這是莫媽媽自創，抑或是其來有自，有無食譜，他都不清楚，幫我用電話詢問莫媽媽，也彷彿隔了一層。雖然大可自行發揮，但我喜歡真實，真實才有味道。老莫建議我打電話去問。我想當面談天有時尚需譯註，隔著電話恐怕不易溝通，也怕開頭的寒暄客套，於是想寫信去問個明瞭。不久，莫媽媽便差兒子來問收到信否，聽說沒收到，隔天她便快快寫好一信傳真過來。遇到這種事責怪郵局也於事無補，只是覺得懊惱，天空沒有翅膀的痕跡，而它已經飛過。

傳真解說「憶苦餐」是文革時的產物，那時百姓沒有糧食，樹葉香蕉頭煮在一起吃，現在人們很幸福了，莫忘記過去的苦日子。煮在菜湯裡的一點兒豬肉則是得自「眾養豬」，很多農戶共同餵養一隻豬，等到過年就把這隻肥豬給宰了，每戶分得一點豬肉。

就是從那時起我們有了書信之誼，往後認得人，也認得她的字了。此番末了莫媽媽寫「我簡直沒寫信（莫爸爸補上很久兩字）字、句、都忘了，然後又不懂電腦，不寫了。」

原載於二〇〇七年一月十三日《聯合報》副刊

# 蝴蝶與彩券

偶爾我也做發財夢，中午去寄卡片，順便，買威利彩，據說彩金超過十億。寄掉卡片，馬上回來，完全忘了，便改去另一個地方。以前也在這裡買過，都是累積大獎使然，卻未見過這位老闆娘，絕對是老闆娘，口才人才都好，短髮，黑衣黑框眼鏡（長長方方的），臉蛋漂亮，眼睛大又靈活，身材也剛剛好。才走到就聽見她對客人說，她的陽台飛來好多蝴蝶。這種日子最需異象。輪到我，一上前就看見她髮上別著一支蝴蝶髮夾，好精緻的髮夾，長長扁扁的一隻鳳蝶。實踐好彩頭到這種程度，不過因為是蝴蝶，浪漫的，我一定開口問，尚未開口她即回答我好奇的眼神，是真的蝴蝶，停留好久了，在頭頂左上方，別髮夾的地方。下一位年輕男子聽了也稱奇，建議她拍照以備開大獎時傳為美談，說他有手機可拍，我就走了。以前喜歡蝴蝶與坦克、蝴蝶與潛水鐘這種題目，沒想到蝴蝶也可以與彩券擺在一起。

原載於二〇〇八年十一月《印刻文學生活誌》

# 畫像

至少有兩次，臨別時阿嬤笑著交代我這件事，「去幫我畫一張像！」她說，「跟汝講真的！還笑！」

後來阿嬤腦子開始懞了，也就是老人家患了阿什麼症，或者失了什麼，但我說的是小時候聽大人說的，某某老人「懞」去了！閩南語發音近似茂字，情況像是一個人夜裡在蒙著濃霧的森林中行走。

母親再提畫像的事，我當真得面對，而不能覺得還早，尤其一個家有長輩懞去的朋友形容未來的變化將會是江河日下。懞這野獸，牠也曾咬住那位住在附近受人敬重的長者，令他晝夜嚎啕，寧靜中聽聞且知悉他律己個性的人更加不忍，阿嬤喃喃，他這個人很怕痛。她是真不懂，還是裝傻，事情沒有這麼單純，磨難不只如此。家人該準備一張白紙在旁邊供他搗蛋塗鴉，儘管他總出其不意將手伸到辛辛苦苦完成的畫作上面，他的形象如同保存在你腦子裡的原作，不會因此毀壞。

母親特別吩咐，眼睛看沒，要畫得讓她看有。阿嬤的眼睛比同樣在烈日下耕作的女人都差，皺閉著像憂戚的象眼，據她自己說那是因為十初歲時患了眼疾，她的阿嬤自製草藥為她療敷，過後雙眼經常模糊不清，到了當阿嬤的年紀，如她所說只剩三分目。小時候看她耽坐在火爐的灶孔前拗換著五根手指在測試自己的視力，我才知道她有多擔心看不見。那種不確定感導致她愛動手動腳，每當我們從外地回來，專注地在描述著一件新鮮事，常被她突如其來的舉動嚇著，她靠過來伸手往你的手臂或小腿一抓，肉肉的肢體等同豐盛的餐飯，讓她覺得高興。換成看見的是我們返鄉的女同學，她必定直直盯著人家，大聲說：「怎——啊這樣一個水夢夢！」怎要拖得長長的，夢夢說得像茫茫，彷彿大都市是一部美容機器，把女孩子們都變漂亮了。

母親交給我一張兩吋的黑白證件照，照片上阿嬤面孔慘白神情緊繃，相館窄小的一瞬間常讓人覺得自己像個罪犯，也拍得不夠清晰。提起好大的動力，我開始一一翻找相冊尋覓阿嬤的身影。這樣的時刻，也慶幸也遺憾相片拍得不多。

照片上阿嬤抱著初生的曾孫坐在她房門外的單張沙發椅，她一抱到小孩子就摸他耳朵，說這耳朵生得多漂亮，哪像她的耳朵又硬又聳，孽命的象徵。晚年她在這張椅子上消磨的時光比床還多，扇子手巾手杖都擱這兒，椅墊經常是油亮的，常盹到極點才肯回房。剝花生是她懞後唯一還做得來的事，座位周圍老是塵沙碎殼，地板上也不時有乾掉的汙漬，掃把拖把來了她便笑罵著，是掃那麼乾淨做什麼，一邊趕緊把腳縮離地面。後來畫家即選中坐在這張椅子上的半身相片作為畫像的藍圖。

還有一張相片，我們姊妹同在端午節回家，和父親母親阿嬤在院子上合照，姊姊手上抱著我們家的第一個曾孫，阿嬤站得直挺挺的，像個升旗典禮的小學生，手刀緊貼大腿。意外發現一張偷拍的相片，也是唯一的獨照，相片中的阿嬤留著捲燙的短髮，而非晚年一貫的髮髻，身上暗秋香色的毛衣看起來又硬又扎，像曬乾的海菜，斜陽下她難得悠閒坐在花圃上，臉微低微笑，拿著菜刀在削甘蔗。那年頭每到冬季，左鄰右舍常會合買一綑甘蔗來分食，孫子吵她幫忙削甘蔗，她一定是罵，沒閒沒工，要吃不會自己去削！你真拿起菜刀，她罵得更大聲，等一下削掉手指就慘！

將這幾張照片放進一個透明小袋，擺在醒目的地方，拖著拖著怕潮怕塵又收了起來。如此找出來收哪去不知反覆幾回，好不容易稍有進展。某日上醫院看病，匆匆瀏覽牆上的美展，順手抓了一張傳單，一段時日後在處理廢紙時拿起來細看，上面大多是老人和農婦的畫像，畫得極為自然真實，畫家是一個年約五十開設工作室的藝術碩士，從相片看來，頗像個風度翩翩的正人君子，雖然微卷的披肩長髮和白色唐裝太藝術家制式了。我照著上面的兩個電話號碼打過去，始終無人接聽。傳單直立在電話機旁，曾經每日都打，彷彿無聊的騷擾電話。

那是二〇一一年冬。同時期接到家裡的電話，阿嬤夜裡溜出去夜遊，阿嬤又跌跤了，甚至急忙抓住她的母親也跟著跌倒，有一回血流不止，嚇壞了弟弟，弟弟的結論是，她的身體真好，年輕人也不堪這樣流血。這是經過多少苦難的淬鍊啊，也憑著最後的意志和那獸纏鬥，不讓自己跌得太凶，她常掛在嘴邊的一句話是，我若跌倒，你阿母就慘了。過後我回去，她鼻梁上還結著痂，閒來無事就摳，摳一次就要挨罵一次。

隔年春天我走進大路邊一家極其老式的畫室，彷彿歇業多年，室內瀰漫一股季節交替的土霉味。窄仄的陋室掛滿人物、靜物和風景畫，和那位梳著油頭自我推銷的父執輩畫家一樣，並不吸引我，卻初見面即訂下畫約。除了舊時代那股腐朽味，或許也因為路過多次終見開門，最主要說服自己的原因是一張婦人畫像與插在畫框外的真人相片非常神似，不是別人，正是畫家的妻子。全天下人都容許畫壞畫不像，唯獨妻子不能，我以此作為依據，似乎非常昏庸。

再度走進畫室，我被擺在桌上的畫像嚇了一跳，認生、排斥，好失望。畫紙上是一個很像阿嬤的人，但油彩鮮明，太滿，太像畫了，拿遠一些，才克制住驚恐的感覺。

五月，我將畫帶回澎湖，同樣在母親臉上看見不知該說什麼的表情，待距離拉開，畫面停止膨脹，安定在畫框內，母親才面對現實，承認是她。事情變得有些幼稚，姊姊妹妹要求看畫，像小時候不許別人看我的作品，我推說好不容易包好了，就是不給她們看，但我懷疑她們必定趁我離開偷偷看過了。當然，它最好永遠包得好好的放在樓上的房間。

對它最具體的挑剔是他不該給她畫上一件亮綠的衣服，雖然僅露出一個肩頭，但全壞了樸素的形象。印象中的她，即使年輕時即使喝喜酒，都不可能穿得這麼鮮豔，我所提供的照片她都是一身淺灰藍細碎花，就算這樣的場合需要光鮮一點，也應該只是亮一點點。老畫家看似很滿意自己的作品，我也就不說什麼了。

十二月一個微雨的凌晨，阿嬤由懞走入另一個清朗的世界，在此之前，之後也仍會，我惦念著重畫一張畫像，雖然掛在靈堂上，他們都說畫得很像，更沒人嫌衣服太花太亮。我心底還在懊悔，當時如果給原本屬意的那個畫家寫封電子信，情況或許會不一樣，何以執意通個電話，大概是世風日下詐騙橫行的後遺症，人人自信訓練有素，以為只消聽他說說話就知道內涵了。阿嬤初懞的時候還會來接電話，因為耳朵也鈍了，必須說得很大聲她才聽得見，我們重複著一樣的對話，她總是問，你還有沒有在寫字？有啦！我說。

喪禮結束，我們把挪到院子上的桌椅搬回屋內，她專屬的椅子仍擺回原來的位置。我們拿布抹去蒙著她椅子的灰塵，卡在木條間很細很細的沙粒和碎花生殼還得找時間拿尖物慢慢挑。關於她的畫像，除了坐在這張椅子上的樣子，我還喜歡一幅她的背影，她懞後時常那樣背對房門坐在床沿收拾衣服，一件件放進米袋（她用來裝土豆仁的米袋），一件件拿出來確認，仔仔細細為一個人的遠行在做準備。

原載於二〇一三年六月二十五日《自由時報》副刊

# 颱風

童言無忌，我問小孩喜不喜歡颱風，超愛的，他回答。我現在沒有勇氣這樣說了，現在颱風一來就會有移山倒海的危險，不能開玩笑。但是從前，我說從前，我也超愛的。曾有一場歷史性的超級強烈颱風沒趕上還引以為憾，多年後終於在原地讓我遇上風速高達十五級的颱風，沒想到，時移季往，竟有點不足以為外人道矣了。

一九八六年夏天來了一個叫韋恩的颱風，掃蕩完台灣就跑了，走不多遠竟掉頭回來擁抱澎湖。那天我在高雄，颱風剛過天氣涼快睡了一個好覺，到了中午看見我的人都問我家裡有沒有事，經他們轉述，得知韋恩幹了什麼好事，為了不辜負他們的關心，只好急忙打電話回家。風雨飄搖，電話線早已經斷了，但我知道不會有事的。從小我就曉得澎湖四周圍都是海不用怕中水災，從小我就只知道颱風天的樂趣，放假最棒，至少全家人可以群居終日無所事事一兩天，颱風一口氣將田上即將收成的瓜果收了去，大人怨嘆幾天是一定會的，但我們還不是照樣有書讀有飯吃。

幾天後回到家，不免問起當時的情況。母親說對面破房子的瓦片射穿玻璃窗，差點擊中弟弟額頭，門更是關不住，扁擔、桌椅都無濟於事，連幾袋剛收成的花生也拿來抵抗，真的是拿地對天啊，幸好身材魁梧的表哥正好去澎湖玩，整個人直接坐鎮在門後。我的同學張和謝也都在，對我說起當時患難的經過，張說颳東南風又颳西北風，她家的屋頂是整個的給掀了去的，還有鄰居的屋梁是如何的斷了等等的。一向冷冷的淑女謝也繪聲繪影的，當時她百歲人瑞的外曾祖母還在世，聽說從未曾碰過此等巨風，阿彌陀佛，燒香跪拜，所有的神明都給請下來。當然還有其他人同我說起韋恩，那瘋狂的牛仔，因為我並未在場，他們幾乎是用發誓的激動口吻向我描述，最誇張的是連船都從海邊飛上陸地，和馬公一家流行服飾店的名稱一樣，「飛行船！」我努力的想隨著他們的人造風進入狀況，卻怎麼也事不關己。他們愈說愈玄了，後來我就不敢告訴別人那一夜我不在澎湖。

此後我對颱風更是沒有危機意識沒有感覺了，因為它們都遠不如想像中的韋恩來得厲害。這許多年來令我難忘的一個颱風，風速可比韋恩，也大駕光臨了澎湖，但是電視新聞卻隻字未提，整個下午都在連線報導台北的公車挾持事件，上網查公車挾持便可得知這號颱風名叫奇比，是二〇〇一年的事。

這天下雨父親無聊在家看了一上午的新聞，颱風並未對本島造成嚴重傷害，大家已恢復日常生活，而外圍環流的影響，我們的天氣反而愈來愈像颱風了。風帶著雨一陣陣，阿嬤照常是哪裡吹風就坐哪裡，扇子仍然拿在手上，習慣性有一搭沒一搭的搧，間或喃喃：「這款天阿土文還要去鳥嶼娶某！昨天還沒啥風，早若知新娘就要先過來住旅社啊！」

午飯後理所當然就是上樓睡覺，颱風天嘛。風雨聲催眠很快就要睡著了，只是靠窗的左半邊身體一直感覺到一種風端雨端的震動，把人又拉回現實。風雨抨擊，南邊窗戶鏗鏘作響，硬是不肯離床，直到感受到玻璃窗崩裂的壓力才起來看看。下樓想切個瓜吃，用手指彈彈瓜皮，風雨吞沒一切聲音，還做這小動作，實在可笑。幸好父親將它們採收回來了。記得小時候颱風吹毀田裡的瓜藤，留下一大堆半生不熟尚未披上瓜紋的「打赤膊」的香瓜，母親總是將它們切來炒菜煮湯，少說也要連吃上十天半個月，喔，我好怕那青香瓜湯。倘若瓜藤能倖免於難，也還要求老天爺不要立刻出個大太陽，否則它們也會被灼死，一樣是泡湯。有個景象是挺好玩的，颱風過後，分明泥土都溼透了，還要趕著去為瓜仔澆水洗澡，免得它們被風雨帶上來的海水鹹氣醃死。現在我們不必那麼靠天吃飯，我反而愈愛吃瓜，尤其是用帶著鹹味的水灌溉出來的瓜，回家常把它拿來當飯吃。盹著的阿嬤突然醒來說：「看這種天還要坐船去鳥嶼娶某，這天台灣船沒來，欲去哪買菜來辦桌咧！」

我在樓下磨蹭一會，再上樓時，風又增強了，還好對面的破房子已經完全被雞屎藤包裹住了，我們的門窗也還算堅固，但是雨大量的滲進屋子裡來。我把樓上睡覺的人都挖起來，搬箱挪櫃，丟了幾條舊毛巾進去，展開一場吸水大戰。

彎腰駝背，天昏地暗，連續奮戰了兩個小時，倒掉一桶又一桶的水，仍不見水退去，拖鞋浮了上來，水一步步逼近樓梯口。小孩玩水玩得不亦樂乎，我們腰痠背疼，直喊休息一下，弟弟還拿相機來拍照留念。又跑到浴室西邊的小窗口觀賞風雨，窗外的銀合歡像蔬菜給打進果汁機裡，海和房屋一片白茫茫，馬路上有一把傘，隱約像是我從台北帶回來的陽傘。我們玩笑說要出去讓風吹著跑，還模仿記者在風雨中報導的狼狽模樣。

水汩汩淹下樓去，我們已無心力，也就邊玩邊吸水，偶爾下樓找東西吃。阿嬤說風大得嚇死人，她從南邊的座位上一直挪一直挪，挪到最裡面的位置。她坐在那裡，什麼也沒做。我跟她報告電停了，水也停了，她也無所謂。「這種天，阿土文還跑去鳥嶼娶一個某。」她念念不忘就這事。天色愈加灰黯，放著屋裡的殘局不管，隨著時間一分一秒流逝，我們也關心起阿土文的婚事，紛紛問到底晚上請不請客啊？

傍晚時分，風雨有減弱的趨勢，昏暗中來了一個人，是從前住在對面破房子的兒時玩伴，大概是悶壞了，出來透透氣，他帶來最新消息，喜宴延期舉行。大家希望落空，先用水果果腹再說。原本就知道不可能舉行的喜宴卻超乎想像的期待，白白浪費了張羅晚餐的最後一點兒天光。長夜將至，蠟燭手電筒也不知放哪，我有一種玩完狼來了的疲憊與失落。只好想想阿土文，他是個害羞老實的青年，人倒長得白淨，不知道為什麼被叫成「阿土文」，雖然住得不遠，十多年來我沒見過他幾次，有一回他跟堂弟來家裡修電器，他們都有正職，業餘兼差，想必是為了多賺點錢好娶老婆。想想看，這種風高浪高的天氣，新郎乘著船到離島迎娶新娘，完全是一種英雄救美的決心，而新娘就像水給潑出去，妝花了、髮也散了，臉上是雨也是淚，船舷邊一朵迷離的浪花。無論喜宴舉不舉行，新娘得把妝先補好，即便沒人看見，也要美美的。兩人悶黑對坐了一個長如一生的下午，說不定新娘也撩起蓬裙來參與治水咧。

原載於二〇〇四年九月二十六日《中國時報》人間副刊

# 微塵與白來

某日一份報紙上，我看到，有個叫微塵的，有個叫白來的。

白來活了大把年紀，重陽節前吸引記者來訪。大事紀只兩條，民國前七年來到世上一個叫廈門的地方，一九四九跟隨國民政府來到台北恰巧落腳於一條叫廈門的街道。排行老二，對岸四手足都不在了，獨留他，算算竟然已有一百零四歲，用好長一段時光來證明白來。一輩子就靠做蒼白的豆腐為生，豆乾和苦瓜是他的最愛。承認年輕時非常匪類，無心成家立業，乃至孑然一身，老來列名低收入戶。

微塵顯然有頭有臉，至少是某大家族的長老，領著族繁不及備載出現在報紙頭版的訃文上，哀悼白頭偕老終須一別的妻，塵歸塵土歸土，別了！眾微塵。

原載於二〇〇九年十二月《印刻文學生活誌》

# 玫瑰

從前我有個朋友，她的名字有個玫字，她討厭別人錯把這個字寫成梅。也是她說過，將來要有誰帶著一般祭拜的白菊黃菊到她墳上去，她肯定要翻臉。

有個朋友的姊姊中文名叫玫瑰，姊妹中玫瑰最美，學校裡的校花，情人節收到許多玫瑰，妹妹好羨慕，玫瑰卻不開心。玫瑰結婚後過得不如意，遵從算命師的建議改掉了這個花名。

另有個小輩的朋友英文名叫玫瑰，透過網路交友找到理想伴侶。在電話那頭她描述她想要的婚禮，只邀至親好友，隨興穿著，新人在沙灘上完成誓約，大家便脫了外衣下水游泳。而喜宴不要小圈圈坐，所有賓客圍成大圓，中央需有舞台，她喜歡跳舞，她要在舞台上跳舞。

拜訪過的台北家庭中唯獨攝影師的妻子有真正的花園，也只有她懂得園藝。我問為什麼園子裡沒有玫瑰，她說不喜歡玫瑰多刺。是個相當單純的賢良女人。

從前鄉下地方不見玫瑰，不知道為什麼，父親買來兩株玫瑰，種在門口的花圃中，他特地自田裡背回剩餘的農藥，噴灑於玫瑰葉上，一點點藍藍的藥斑，使玫瑰看起來更加孤獨危險。

我們去歷史博物館看古家具展，看到的不是古家具，而是布置在幽暗角落，身世不明置身事外的大紅小玫瑰和孤挺花。

有一段日子我最喜歡的事是上高速公路去新竹採玫瑰。玫瑰園兩頭掛有剪刀和花籃，非愛情節慶，平日一枝十五元，任君剪取。土堆上紅玫瑰、白玫瑰、紫玫瑰、黃玫瑰、粉紅玫瑰、香檳玫瑰，一行來一行去，初初流連人高馬大的玫瑰叢見一朵愛一朵，走到邊境才發現碩大芳香又多彩的玫瑰，採得夠多了，心底難免懊悔。後來玫瑰消失種起了木瓜，還是有些大小盆栽的玫瑰待售，但已難為玫瑰。老闆娘在另一個園子為客人秤著他們採來的番茄，客人偷吃又殺價，她氣苦了臉。我問何不再種玫瑰？那時她的櫃台上總插滿各色玫瑰，她數玫瑰數得多開心。對啊，種玫瑰，再多等一陣子，等土肥一點，她說。終究她未實現諾言。

我將瀕枯的小玫瑰放逐到窗台，她活過來，花一朵接一朵開。只是易含苞易開放，花朵太微小，同時開個五、六朵在窗外也不大看見，比不得大玫瑰豪放一朵。

原載於二〇〇七年十月二十五日《自由時報》副刊

# 買名兼盜名

最近我的小寶貝是株仙人掌，手指頭或圖章那般高大，身上沒有刺，泛黃老綠，只在四個緄白邊的方角才有數得出來硬又不扎人的幾個尖端。就覺得它像隻可愛的小恐龍。去年夏天陪人去宜蘭，等在餅店門外過馬路去跟一個路邊攤買的，自來沒看出有什麼變化，今年春天給它換了盆，不確定是不是活著。把它放在眉頭高的檯子上，每出陽台必定看，它來時插在土裡一小片綠色名牌，鉛筆寫的四個灰灰小字「四方夢摩」。

有人買官，我買名，為了一個名字而把某樣東西買回來。葉去盆空，「八房柑」、「到手香」的名牌也還立在原來的地方。大概因為自己的姓名太過通俗，一個好名字常常令我羨慕，甚至產生迷思。你看花市裡光菊花就有許多種，甜菊、金雞菊、波斯菊等等的，拜名字所賜，薰章菊比較有吸引力，彷彿文人雅士；藍眼菊更是迷人，雖然顏色藍得紫得好美，但花形呆板，有點名實不符，辜負芳名。

關於名字的迷思還有，我們系上多年來未曾有澎湖來的學生，到我這屆來了兩個，在抽籤選學弟妹前，負責系務的學姊保留這兩個名字，挑了一個當學妹，忘記把另一個放回去，於是開學時我沒有學姊學長形單影隻。同學的名字較我別致，姓又特殊，姓才，據說祖先原姓施，逃難時改的，要是我肯定也會選她。告訴我這些事的人成了我的直屬學姊，她常提到一個叫「孔溫珊」的室友，名和姓都古典，還是中文系的，從未見過卻記到現在。又外甥女曾提到她表姊的男朋友，隔了一年多不知道是不是同一人，說他叫「良穎」我就記得了。兩個字平平凡凡，合在一起也可以成其為好名字，叫起來柔柔軟軟撒嬌似的，怎不讓人想像是個好性子的良人。

那時真的沒料到後來會繼續寫，否則一定取個筆名，至少把眾家姊妹都有的「淑」字拿掉。有個香港同事也屬淑字輩，她說在香港這字不算多，來到台灣就完了。淑字拿掉，再填個字上去，這個字舉足輕重，必定要有畫龍點睛化腐朽為神奇的效果。什麼字能擔此大任，卻沒認真想過。

寫小說有個好處，可以把喜歡的名字剽竊過來占為己有。但是又顧慮它們因為美又典雅反而做作沒有真實感，我寫的多半不是這種人，一直沒能這麼做。我的長篇小說《流水帳》，裡頭非真有其事，但人物大多真有其名。這是個農村故事，人名要像鄉下父母所能取的平常名字才合理，放在廟裡旋轉的光明燈塔裡不會讓人眼睛為之一亮。主角四個姊妹依序是秋水、秋暖、秋香、秋蜜，除了秋水是編造的，其他都是家鄉村裡分別生在不同人家的女兒名。「秋水伊人」當然最引人遐想，水字音近閩南語的美，並不突兀。意外發現這四個名字竟然有色、香、味、覺四種意思，如果是我自己憑空假設，可能還想不到這一層，這是書裡那個沒讀什麼書的阿爸誤打誤撞取來的。

原載於二〇〇九年六月《印刻文學生活誌》

# 夾腳拖鞋

一出門就看到駕駛座上金莎在笑，伏在方向盤上癡癡地笑個不停，不說出來分我笑，也說不出話來。我坐上車，繼續胡亂猜她為何笑。到了市區下車去對街郵局，才知道我踩了一隻白一隻黑的夾腳拖鞋出門了。

要是夾腳拖鞋就不會弄混了，是腳夾拖鞋，用兩根腳趾去夾起一塊長了兩條背帶的浮板，還有什麼款式的鞋能讓人自在隨興到犯了劈腿的錯誤都不知不覺。穿慣夾腳拖鞋的人，冬天也穿，夏天也穿，旅行也穿，約會也穿。一雙腳爪幾無遮攔地擱在鞋板上，隨時隨地可以拔腿就跑，露得最多，最涼快，也最漂亮，好像把比基尼穿在腳上。

原載於二〇〇九年十二月《印刻文學生活誌》

# 花床

去年夏天公公婆婆來台北，沒出去玩的時候，顯得有些落寞，只能打開紗門陽台站一站，公公一向沉默，凝視遠方，婆婆則時常看著門邊一節節有龍鬚有半掌葉片的多肉植物，說這好像我們那邊治療痔瘡的一種草。這可愛神秘又有點邪邪的，像姑娘的辮子，也可能是巫婆自高塔垂掛下來的不知名植物，打哪邊來我已經忘了，此後便一直記得它與痔瘡的關係。

過年時回到那邊，一切老樣子，最明顯的改變是多了一床花草，我驚喜的問是誰種的？婆婆不屑地諷笑道，還有誰？花王啊！也許是看見台北人可憐兮兮的種作一陽台，也許是同一個夏天北海道之行望不盡綿延至天邊的異國花田，返鄉後公公開始種起植物來，馬來西亞豪華的熱帶雨林氣候，短短半年便有這一床，以及後院一地。

這張花床讓我想到雨季，有點不便出門的悵惘，有點不必出門的幸福。床上滿是黃色塑膠桶盛裝的植栽，廢棄但完整的鐵床架擱置在屋簷下，跨足於水溝兩岸，底下潺潺水流，雨天床上亦淅瀝瀝。除了簷邊滑落的雨水，頂上簷板挖空一片瓦的大小，做成一個小天窗，傾斜的天窗集水功能比井還強，陽光卻得日正當中方能直瀉下來。初涉園藝的公公以為晨起為植物澆水是園丁起碼該做的，泥土尚溼照澆不誤，連沙漠玫瑰也長得不理想。沙漠玫瑰他們叫做富貴花，又粗又壯隨處可見，過年期間鬧熱開花，招搖地掛滿紅包袋。我想要找機會告訴他，澆水得節制，花被淹死多過渴死。

有人看見我在望著那張花床，像試著欣賞一件裝置藝術，背地裡就要潑起冷水，說不會種！很老牙！大哥表哥表姊們都擁有美麗庭園，對他們而言這實非難事。午後時光我們在鄉間住宅區遊車河，許多洋房圍牆外都有一塊亮眼的花圃，有時我還會特地下車去張望，看他們種些什麼。

後院曬衣場邊界圍著一張長長的籬網，十來盆盆栽沿著籬網散放，有的盆和植物都很老舊，想是親朋好友聽說這個人新近迷種花，把舊愛割出來給他做新歡。

也有的植物直接種在僵硬的地面上，但原先盤踞在這兒的野草並不把它們放在眼底，以一種狂妄欺生的態度節節逼近，籬網外的同類或探或鑽或爬的叫囂助陣，它們看來益加瘦弱無助。唯有站在屋後轉角的九重葛雄壯威武，紫花怒放，習慣繞著自己的地盤走的人可得提防它的尖刺。公公的愛犬大半時間都窩在通往後花園的巷道，有人在這兒駐足，趴在地上的牠就會好奇的吊起眼睛，花盆上散布著牠的排泄物，自然是公公施的肥料，一點純樸的心意。

籬網外約二十幾公尺處是一個居住的環境，但屋乾涸，地也乾涸，靠近我們的地方有一棵很大的椰樹，姪子還小的時候肯幫我們採椰子剝椰子，長大都跑出去了。椰樹周遭隆起一塊青蕪，椰子兀自在樹上生長，墜落，墜落的椰子又長出一株椰樹。曾經馬來家庭租居於此，我喜歡自樓上鏡子與洗臉盆邊探望窗外他們的生活，赤腳奶茶色的孩子圍著白色紗籠，為什麼他們總有種剛沐浴過的快樂，在邊界種族與貧富差距的彰顯下越發如此。

無法控制我鄉下人的本性，雨後泥地鬆軟，很快就把野草統統拔除，理出此岸彼岸。在這兒也發現了類似我擺在冷氣台上垂綴而下的怪怪植物，要不是聽過婆婆那鄉愁般的呢喃，它可能已被驅逐出境。看見它並未使我想念我的陽台，我的植物。

原載於二〇〇七年十月十一日《自由時報》副刊

# 桔梗

在一本舊筆記裡我看見我寫的兩行字，「桔梗／有蠶寶寶的氣味」。

彷彿預知我將丟棄這個題目，所以有這樣一個提示，桔梗其實無香無味，或許是它那蛋膜般的花瓣讓我想起蠶的質感與膚觸，冷中帶有些許溫潤。

冷天何必插花，花器也冷，水也冷，拿在手中彷彿一束冷焰，自客廳移入臥房，放在床頭燈下，陪伴睡前小讀與暖被時間。

歲末年終出國在即，應景掃除打理皮箱之餘，隱約想著該不該找個人把桔梗送出去。誰喜歡桔梗，從前我也不甚喜歡，水彩下筆前試著往荒壞的棉紙上一點，淡粉暈染，女士將面紙送入雙唇一抿，破碎的紫唇印。沒有適當人選，分明多此一舉也就罷了。

十天後我推開家門，見它安然立於餐桌，面容依舊淡雅，氣色些微蒼白，我受到感動，且不忍心，不知道它如何度過機艙內十天九夜的孤單飛行。

原載於二〇一四年二月十六日《聯合報》副刊

INK PUBLISHING 印刻文學 405
花之器

作　　者　陳淑瑤
插　　圖　郭艾潔
總 編 輯　初安民
責任編輯　陳健瑜
美術編輯　黃昶憲
校　　對　吳美滿　陳健瑜　陳淑瑤

發 行 人　張書銘
出　　版　INK印刻文學生活雜誌出版有限公司
　　　　　新北市中和區建一路249號8樓
電　　話　02-22281626
傳　　眞　02-22281598
e-mail　ink.book@msa.hinet.net
網　　址　舒讀網http://www.sudu.cc

法律顧問　漢廷法律事務所
　　　　　劉大正律師
總 經 銷　成陽出版股份有限公司
電　　話　03-3589000（代表號）
傳　　眞　03-3556521
郵政劃撥　19000691　成陽出版股份有限公司
印　　刷　海王印刷事業股份有限公司

港澳總經銷　泛華發行代理有限公司
地　　址　香港筲箕灣東旺道3號星島新聞集團大廈3樓
電　　話　852-27982220
傳　　眞　852-27965471
網　　址　www.gccd.com.hk

出版日期　2014年 6 月　初版

ISBN　978-986-5823-76-4

定　價　240元



國家圖書館出版品預行編目資料

花之器 / 陳淑瑤著
--初版, --新北市中和區： INK印刻文學,
2014.6　面；　公分.（印刻文學；405）
ISBN 978-986-5823-76-4　（平裝）
855　　103007567